ことのは文庫

金魚姫と隠世の鬼灯

フドワーリ野土香

MICRO MAGAZINE

目次
Contents

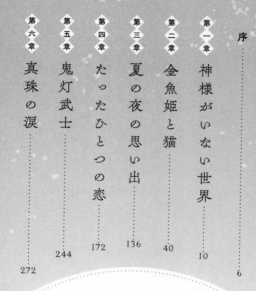

金魚姫と隠世の鬼灯

序

静まり返る湖に、一片の花びらが舞い降りた。薄桃色の桜の花びらだ。夜風に吹かれて、桜の木々がひそひそと囁く。その声に導かれるように、金魚姫は湖の奥底から水面に手を伸ばした。

花びらを指先でつまむと顔を綻《ほころ》ばせ、水面に寝そべる。月の優しい光が金魚姫を照らした。滑らかな白い肌に、長く艶やかな黒髪。前髪は眉よりやや上だ。赤い着物の裾からは、立派な尾鰭《おびれ》が顔を覗かせている。鱗は紅玉のように赤く煌《きら》びやかだ。切れ長二重の瞳に桜の影が映る。その瞳は玉水《たまみず》のように透き通っている。また桜の花びらが降ってきて、金魚姫の小さな鼻をくすぐった。くすりと笑う金魚姫の声が響く。

花びらを片手に湖からゆっくりと陸へ上がると、尾鰭は消え薄っすらと鱗が残る二本の足が姿を現す。濡れた髪を絞り、左肩へ流すと慣れた手つきで三つ編みに結う。

一本の桜の木の根元に、薄水色のびいどろの器が隠すように置いてあった。皿よりは深く、口の広く開いた器は桜の花びらでいっぱいだ。ふっと息を吹きかけると、勢いよく飛び散った。

金魚姫は器を両手で持ち、湖の水で満たした。なみなみと注いだ水がこぼれてしまわないよう、息を呑みながら慎重に持ち上げる。

鏡のような水面に金魚姫の顔が映った。願い祈るように瞳を閉じ、笑みを浮かべる。すると、次第に水面に色とりどりの花が咲く。赤や緑や黄や青。夜空のすべてを覆い尽くすほど、たくさんの花火が打ち上がっていた。

金魚姫は食い入るように水面を見つめた。その視線の先は、花火ではない。夜空に咲く花火より金魚姫を釘付けにする景色がそこにはあった。

花火に照らされて、ひとりの男性の顔が浮かび上がる。黒髪短髪。はにかんだ笑顔。頬がほんのり赤く染まっている。下がり気味の眉が彼の表情をより柔らかく見せていた。


――あの瞳に見つめられたい。


彼の瞳は熱い。

その瞳に見つめられたら溶けてしまいそうなほど、熱く夜を照らしている。

金魚姫はどくん、と強く脈打つ鼓動を胸元に感じた。思わず手をやる。これまでにないほど強く激しく、脈を打っているのが自分でもよくわかった。

うっとりとため息をつく。甘い吐息で水面に映る彼の顔がゆらゆらと揺れる。慌ててはっと口を噤《つぐ》むも、水面には波紋だけが残されていた。水鏡にはもう花火も彼の姿もない。水面に孤月《こげつ》が映る。金魚姫は水面から顔を上げ、天を仰ぎ見た。大きな丸い月が浮かんでいる。まるで自分自身を見ているかのように、寂し気に見えた。

「いつまで外にいるつもりです？　早く戻りなさい」

目の前に広がる湖から、金魚姫の母が顔を覗かせた。

「はい、お母様」

手に持っていた器をさっと後ろに隠して、金魚姫は返事をした。

今すぐに走って行けるのなら、どんなにいいだろう。

湖に飛び込むと赤い尾鰭がひらひらと靡《なび》く。金魚姫は自分の尾鰭を睨《にら》みつけた。

人間だったなら、と。

金魚姫は遠く離れていく水面に戻りたい気持ちを隠して、湖の奥深くへと潜っていった。

夜空の星々も、花火の光も届かない世界へ――。

第一章　神様がいない世界

瀬《せ》を早《はや》み　岩《いは》にせかるる滝川《たきがは》の　われても末《すゑ》に逢《あ》はむとぞ思《おも》ふ

祖母の手紙にはその歌と、「大切な人に渡してください」の一言だけ遺《のこ》されていた。封筒の中にはもうひとつ、桜の柄の蒔絵《まきえ》かんざしが入っていた。赤や金や銀の色で描かれた桜の花が舞っている。

星野晴太《ほしのせいた》は、祖母からの手紙をただ強く握りしめた。

幼い頃に両親を亡くした晴太にとって、祖母は唯一の家族だった。祖母とふたりで暮らしたこのアパートに、もう二度と祖母が帰って来ることはない。

すべては三ヶ月ほど前、晴太の足の指先から始まった。

「なんか最近、足の調子が悪いんだけど」

足の指が動かしにくい。足が痺れたときのように、つねっても感覚が鈍い。気になってはいたけれど、仕事や結婚準備で色々忙しく特に支障もなかったので放置していた。

晴太は二年半の交際を経て、幼馴染の松本夏菜《まつもとなつな》と婚約をしていた。結婚式はこの秋。プロポーズしたのは去年の夏だった。地元の神社で行われた夏祭りへ行き、打ち上げ花火を見たあと、金魚すくいですくった一匹の金魚を差し出して「結婚してください」と晴太は言った。その神社は、晴太も夏菜も幼い頃から好きな場所だった。だから結婚するときはそこで、神前式《しんぜんしき》にしようと決めていたのだ。

「念のため、病院に行った方がいいんじゃない？」

足の指先って知らずに骨折するらしいよ、と夏菜は晴太を脅かした。

夏菜は幼い頃からずっと、肩より少し上くらいのショートヘアだった。でもこの数ヶ月、結婚式に向けて髪を伸ばしていると言っていた。結婚式でしたい髪型があるのだろう。女の人って色々と大変だな、とそのとき晴太はのんきに考えていた。

病院で調べてもらったが、なんの異常もなかった。夏菜が言う骨折もしていない。ひとまず何事もなさそうだ、とふたりとも気にも留めなかった。

それが一週間ほどすると、一気に踝《くるぶし》辺りまで動かなくなってしまった。あまりに唐突すぎて、晴太は病院へ急いだ。

スマホで調べれば調べるほど、治療法が未《いま》だ見つからない難病がたくさん出てくる。怖くなって晴太は調べるのをやめた。

これから結婚して、夏菜とふたりで人生を切り拓いていこうとしていたのに、病気になってたまるか。

このときはまだ、どんな病《やまい》にも負けないと気持ちを強く持っていた。

最初にかかった医者にもう一度診察してもらうも、原因がわからない。骨が折れているわけでもない。細かい血液検査、頭部MRI、心電図など、いろんな精密検査を行った。筋肉に関する病気かもしれない、いや難病の可能性もある、と医師たちはああでもないこうでもないと言った。

調べている間に、晴太の病はどんどん進行していった。足が石のように固くなり、皮膚が半透明になっていく。その症状に、医師たちは皆頭を抱えて「こんな症例はどこにもない」と口をそろえて言うだけだった。

大学病院の医者は、おそらく徐々に全身に広がり、やがて心臓に達する。進行速度は極めて速く、このままだと全身が結晶化するまでそう時間はかからないだろう、と言った。

命あるものはいつか死ぬ。その終わりに向かって、それぞれの速度で進んでいる。晴太だって、そんなことは重々わかっていた。年老いた者が先に死ぬとは限らない。世界にはいろんな病があって、これほどに医療が発達した今の世の中でも治せない病気はある。晴太を蝕《むしば》む病もまた、人間には解明できない謎であった。

「結婚式を延期したいんだ」

晴太にとっては苦渋の決断だったが、まずは病を治す手立てを探さなければ結婚はできない。そう思って、夏菜に提案した。

夏菜は介護福祉士として働いており、晴太の介護はお手の物だった。夏菜は何度も晴太に「大丈夫、絶対良くなるよ。結婚式はいつ挙げたっていい」と励ました。

夏菜と同じく祖母も「最後まで希望は捨てちゃいけない。最後の最後まで、結末はわからない。それが人生だよ」と言い聞かせるように何度も繰り返した。

晴太は自動車ディーラーの営業として働いていた。大学卒業以来ずっとそこに勤めている。だが、病を治したいと自ら退職を願い出た。

「絶対に戻って来い」

上司はそう言って、晴太の手を強く握った。

今まで思うように営業成績が伸びず悩んだり、客からの心無い言葉に辞めようと何度も考えたりしていた。でも最近は成績がぐっと伸び、仕事が楽しくなっていたところだった。馴染みの客もできて、これからだと周囲も晴太に期待をしていた。

「はい。絶対に戻ります」

そうは言ったが、本当は不安で押し潰されそうだった。

不安は一度口にしたら、伝染していく。晴太は絶対に不安を口にしないよう、固く口を閉ざしていた。

晴太だけでなく夏菜も祖母も、必死に助かる方法はないのか調べた。夏菜は仕事の休みを使って晴太と一緒に何度も病院へ出向いた。それでも、依然として原因は不明だった。治療法も見つからない。

今まで難なく歩けていたのに、突然歩けなくなってしまうとストレスも溜まる。車椅子生活は不便だった。夏菜はなんでも手際よく晴太を助けてくれていたが、晴太にはその夏菜の姿がだんだん自分たちの結婚後の生活へと結びついていく。

もしこのまま治療法もなく、どんどん身体《からだ》が固まって結晶化していったら。夏菜はずっと付きっきりで介護しなければならないのか。僕はこの先夏菜の未来を奪ってしまうのではないだろうか。食事もトイレも風呂も、生活するには夏菜の手を借りなければ生きていけない。そんな未来のために、夏菜は僕と結婚するのか。

晴太の病は、身体だけでなく日に日に心までも蝕んでいった。

とどめを刺したのは、先週の木曜日。病院から帰ると、祖母がリビングで倒れていた。

「ばあちゃん！」

倒れた祖母を起こそうとするも、足がうまく動かない。車椅子から一歩踏み出すも、もつれて床に倒れ込んだ。

「おばあちゃん、聞こえますか？」

一緒に通院してくれていた夏菜が、倒れた祖母に寄り添い、肩をとんとんと軽く叩いて呼びかける。だが反応はない。

「晴太、救急車を呼んで！」

晴太は慌てて床を這いずるように進み、鞄を掴むと中身を床にぶちまけた。落ちた中身をかき分けて、携帯を見つけ出す。晴太は震える指で119を押した。

夏菜は落ち着いた様子で祖母の胸元に手を置き、呼吸の確認をしている。

「119番消防です。火事ですか？　救急ですか？」

電話口で男性の声がした。晴太はすぐに答えられなかった。

「救急です！　晴太、スピーカーにして！」

夏菜が大声で叫ぶ。

「どなたが、どのような状況ですか？」

「婚約者の祖母です！　意識、呼吸ありません！　帰宅したら倒れていたので、いつから倒れていたのかもわかりません！」

夏菜はてきぱきと祖母の様子を伝える。

夏菜が必死に心肺蘇生を行う間、晴太はただただ見守ることしかできなかった。むしろ、手伝おうとすればするほど足手まといになってしまうような気がした。自分の無力さに身体中が震える。不安と恐怖が全身に走った。

救急車が到着し、祖母はすぐに病院へ搬送された。だが、祖母が再び家に帰ることはなかった。

足さえうまく動けば、ばあちゃんは助かったかもしれない。僕が病にかからなければ、ばあちゃんは死なずに済んだのかもしれない。もし、結婚後夏菜に何かあったら、僕は助けられないのだろうか。何も守れないのか。

きょう、祖母の告別式が行われた。

瀬を早み　岩にせかるる滝川の　われても末に逢はむとぞ思ふ

(川は流れていく。ときに岩にぶつかり、ふたつに別れる。そしてまた巡り逢い、ひとつに結ばれる。たとえ今は別れたとしても、川の流れのようにまたいつか結ばれる日が来ると願おう)

火葬後の骨上《こつあ》げで、晴太の頭の中にぽつんと百人一首が浮かんだ。晴太の祖父が大好きだった歌だ。学校の授業でも習う、有名な恋の歌である。今より千年以上も昔。自分の想いを歌にして相手に届けていたという。恋の歌に恋の歌を返す。そうやって人は皆恋をする。恋は次第に愛になり、育《はぐく》まれていく。

祖母の骨は柔らかい雪のように真っ白だった。

晴太は二十六歳になるまでにたくさんの葬式を見て来た。両親、祖父。そして祖母。何度見ても、死が一体何なのか理解できそうになかった。死んだらそれまでずっと自分の中にあったものは、どこへ行くのか。綺麗さっぱり消えてしまうのか。死後にも世界があるのか。考えても考えても、答えは見つからなかった。

もし死後の世界があるのなら、ばあちゃんはじいちゃんと会えただろうか。向かっている途中なんだろうか。もしかしてまだ、近くにいるんだろうか。

祖母の亡骸《なきがら》を見たとき、これはばあちゃんじゃないと晴太は思った。これはばあちゃんに似せて作った蝋《ろう》人形だ、と。何かがどこかへ行った、そんな気がした。それを人は魂と呼ぶのかもしれない。でも魂なんて目には見えないのだから、そもそも存在しているのかもわからない。

答えは自分が死ぬその瞬間まできっと謎のままだろう。おそらくその瞬間は、そう遠くない未来にやって来る。

運命に身を任せよう。流れるままに、流れ着くままに。もうできることは何もない。すべてを受け入れるしかないと思っていた。

喪服のまま、部屋で蹲《うずくま》る。

夏菜との喧嘩も増えた。毎日毎日、くだらない言い争いをする。うまくいかない。ずっと転んだまま起き上がれず、もがいているような気持ちだった。

「夏菜、僕たちはもう別れた方がいいのかもしれない」

そう言うと、夏菜は険しい目つきで晴太を見た。

「なんでそんなことを言うの？　なんでもう諦めてるの？」

夏菜の声は震えていた。

諦めたくなんてない。だけど、どうすればいいって言うんだ。

晴太はもう、生きる希望も何もかも失ってしまっていた。

――神様なんて、いない。

晴太は、何度も何度も心の中で繰り返した。そして神様を呪った。

死んだらどこへ行くんだろう。また生まれ変わったりするんだろうか。死ぬときは苦しいだろうか。痛いだろうか。全然わからない。誰も、答えを教えてくれない。

晴太は静かに瞼《まぶた》を閉じた。瞼の向こう側には、いつものように微笑《ほほえ》む祖母の姿が見えた気がした。

会いたい。まだ、別れたくなかった。結婚式に参列してほしかった。もっと孝行したかった。これからなのに。これからが、いいところなのに。

晴太の頬に、涙が伝う。

このたった三ヶ月で、どれほどに涙を流したかわからない。もしかしたらもう一生分流したかもしれない。

晴太はそのまま這い蹲《つくば》ってベッドに潜り、眠りについた。目が覚めたら、すべてが夢であればいいと思いながら。


桜が満開だった。辺り一面桜の花びらで覆われていく。甘い花の香りが漂う。

祖母は昔住んでいた平屋の縁側に座り、庭に咲く立派な桜の木を見上げていた。

桜の木なんて、ばあちゃんの家の庭にあったっけ？

晴太が大学生のとき、長年住んでいた家を売り払い、今住んでいる小さなアパートに引っ越した。その当時、都心の大きな病院に祖父が入院していた。祖父母の家は古くあちこち傷《いた》んできていた。アパートだと確実に狭くはなるが、住みやすいのではないかと考えた結果だった。引っ越した方が祖父の病院にも近くなるし、晴太も大学が近くなり通いやすくなった。

「懐かしいなぁ……」

晴太は深く息を吸い込んだ。畳《たたみ》の香りと祖母が毎日あげるお線香の香りが混ざり合う。不思議と安心できた。

「晴太」

祖母の背後に立つ晴太に、祖母が声をかけてきた。数日ぶりに聞く祖母の声に、晴太は思わず顔を歪《ゆが》める。強く唇を噛んだ。

　小学生の頃に両親を事故で亡くしてから、父方の祖父母に引き取られた。母方の祖父母は晴太が生まれたときにはすでに他界しており、親戚もいない。それでも晴太は孤独ではなかった。祖父母がいてくれたから、晴太は幸せだった。だが、そんな祖父は六年前にこの世を去り、ついに祖母まで逝ってしまった。

「ごめんねぇ、ひとりぼっちにさせちゃって」

　祖母は小さな子どもをあやすような口ぶりで、晴太に言った。

「ねぇ晴太、覚えているかい？」

　そこでようやく晴太の方を振り返る。

「……何を？」

「最後まで諦めないって約束だよ」

　ああ、それね。と晴太は頷《うなず》いた。

「もちろん覚えてるよ」

「絶対に、諦めちゃダメだよ」

　でも、と言いかけると祖母がにぃっと笑って晴太を見た。

「昔話をしよう。私が小さい頃におじいさんから聞いた話だよ」

「それ、僕も聞いた話？」

「たぶん、初めてする話だね」

そうか、と晴太は祖母の隣に腰かけた。

両足が普通に動く。結晶化もしていない。触った皮膚は柔らかかった。

これが現実だと思えたら、どれほどよかっただろう。しかし晴太には、これが紛れもなく夢だとわかっていた。祖母は死んだ。もういない。足は動かない。原因はわからない。これが現実なのだ、と。

「私のひいひいひいひいおじいさんがね、」

「ああ、それ嘘だ」

晴太は笑った。確かに嘘かもしれない、と祖母も笑う。目じりの深い皺《しわ》が、晴太は大好きだった。

「ずっとずっと昔の話だ。嘘か本当かなんて今さらわからないけど、うちのご先祖様の話だよ」

祖母はぽつり、ぽつりと話し出した。晴太が幼い頃よく絵本を読んでもらっていたときのように、穏やかで優しい声色だった。

晴太たちの時代からずっと昔へ遡《さかのぼ》る。

とある武士が夜道を歩いていると、若い娘が暗闇から走って逃げて来た。「追われている、どうか助けてください」と訴える娘。怪我もしており、何やら事情がありそうだと男は娘を家へ連れて帰った。

男は下級武士で、家は特別裕福ではなかった。男の父は他界し、母は身体が弱く床に臥《ふ》せる日が多かった。娘は助けてもらったお礼にと、家の仕事をてきぱきこなしていた。

娘がやって来て一ヶ月。男に縁談が来た。いつもお世話になっている家の娘さんで、昔から顔馴染みだった。しかし、男は助けた娘に恋をしていた。何の事情も知らない、謎に包まれたその娘を想っていた。

だが、男は縁談を断れなかった。男は家のために縁談を受ける道を選んだ。

祝言《しゅうげん》の日、助けた娘は突然消えた。たった一本のかんざしを残して。

おそらくその娘も男に恋をしていたのだろう、と祖母は言った。

「今の話が、諦めないってことに繋《つな》がらないんだけど？」

「ご先祖様は、それからずっと後悔したんだ。あのとき、娘を追いかければよかったってね」

だから、晴太も諦めたらダメだ。

祖母はそう何度も繰り返した。

祖母と祖父は、大恋愛の末に結ばれたと聞いている。今の時代とは違って、お見合い結婚が多かった頃。祖父はお見合い話を全部蹴って、祖母と結婚する道を選んだ。祖母はきっと、この昔話を自分と重ねているのだろう。

祖母はまた目を細めて微笑み、ゆっくり手のひらを伸ばした。

ひら、ひらと桜の花びらが舞う。一枚が祖母の手のひらに降りる。

「一千年以上も昔の人も今の人も、どこも変わらないねぇ。人の命は、愛で成り立っているんだ」

祖母はそう言って歌を口ずさむ。

「瀬を早み　岩にせかるる滝川の　われても末に逢はむとぞ思ふ」

ふと、晴太は思い出す。幼い頃は祖父と百人一首や花札でよく遊んでもらった。この歌は祖父が必ず取る札だった。晴太は一度も取れたためしがない。

「この歌は恋の歌だとずっと思っていたんだけど、最近思うんだよ。これは人生の歌なんじゃないかってね」

「どういうこと？」

「人と人は必ずどこかで別れる日がやって来るけれど、またどこかで会えると思いたい。そう言っているように聞こえたんだ、私にはね」

なるほどね、と晴太は納得した。

人生に別れはつきものだ。ときには別れの挨拶ができず、唐突に永遠に会えなくなる日もある。でもまたどこかで会えるのなら、別れも怖くはない。

「好きなんだろう、夏菜ちゃんが」

祖母の言葉に、うんと晴太は頷いた。

「それじゃあ、しっかり握って。絶対に手を離すんじゃないよ」

そう言って、祖母は晴太の頭を優しく撫でる。

「そこの戸を開けてくれるかい」

祖母は桐箪笥《きりだんす》を指差す。言われた通り晴太は戸を開けた。中には祖母が好きだったクッキーの缶がある。

「開けてごらん」

言われるまま開けようとした。

突然、部屋の天井が見える。

晴太は大きく目を見開いてから何度か瞬きすると、天井を睨《にら》んだ。

一瞬、ここがどこなのかわからなくなる。カチ、カチ、カチと時計の音が、現実世界だと知らせていた。

時計を見る。まだ真夜中だ。時計は夜中の十二時を指している。眠ってから一時間も経っていない。

最近は眠りも浅く、寝付けない日々が続いていた。隣では夏菜がすーすーと寝息を立てている。三日前から夏菜はここに泊まりっぱなしだ。

夏菜がいてくれて安心する一方で、やはり将来が不安でたまらなかった。

晴太はベッドから降りると、床に膝をつけてずり歩いた。

確か、夢で見たあの缶は祖母が最近まで持っていたものだ。

リビングにはまだ整理していない祖母の遺品が溢《あふ》れていた。祖母が引っ越しの際に持って来た桐箪笥の戸を開けると、夢で見た缶が出て来た。慎重に開けると、白い封筒がある。

瀬を早み　岩にせかるる滝川の　われても末に逢はむとぞ思ふ

祖母の手紙にはその歌と、「大切な人に渡してください」の一言だけ遺されていた。封筒の中にはもうひとつ、桜の柄の蒔絵かんざしが入っていた。赤や金や銀の色で描かれた桜の花が舞っている。

手紙を握る手に力が入った。

さっきの昔話に出て来たかんざしは、これだろうか。でもまさか、本当の話なんだろうか。それとも、ばあちゃんがその昔話を真似ただけだろうか。

短い文章を、晴太は何度も何度も繰り返し読んだ。

このかんざしを渡せる人は、たったひとりだけしかいない。夏菜しか――。

再びベッドに戻り、晴太はかんざしを握りしめたまま目を閉じた。

夢の続きは、思うようには見られないもの。昔懐かしいあの家の縁側に座る祖母を思い、眠りにつくも、もう二度と現れてくれなかった。

◇

晴太と夏菜は、生まれたときから家が近く親同士仲がよかった。幼稚園の頃は近くにある公園で砂遊びをしたり、滑り台やブランコで遊んだりした。一緒に山や海へ出かけたり、バーベキューをしたりした思い出もある。

晴太にとって一番の思い出は、夏祭りだった。お互い親に連れられて、近所の神社で毎年行われる夏祭りに参加していた。小学校に上がる前に、晴太と夏菜は結婚の約束までしていた仲だった。はじめてプロポーズしたのは、夏祭りで夏菜に金魚をすくったときだ。

「大きくなったら、結婚しようね」

晴太はそう言って、夏菜がほしいと言った赤色の出目金《でめきん》をすくい、差し出した。夏菜は「うん」と頷いて、金魚を受け取った。夏菜の浴衣は夏の空のような青色で、赤や黒の金魚が泳いでいた。

夏菜は昔からさっぱりした性格をしていて、晴太は常々自分より逞《たくま》しいのではと思っていた。小学校二年生頃までは夏菜とはよく遊んでいたが、歳を重ねるごとに少しずつ距離ができていった。夏菜は男子と一緒にサッカーや野球をして擦り傷を作っていた。晴太は運動よりもゲームや読書が好きだったので、運動が得意な夏菜との接点は家が近所という以外なくなっていた。

小学四年生の終わり、夏菜と晴太は席替えで隣同士になった。

ちょうどその頃、晴太の両親が交通事故で亡くなったばかりだった。クラスの誰もが噂話好きで、晴太を好奇の目で見ていた。人前で泣きたくはなかったが、時々涙を堪《こら》えられないときがあった。「晴太はすぐ泣くから、泣かせるな」とクラスのみんなが笑って言った。でも、夏菜だけは違った。これまで通り、何事もなく接してくれた。晴太にとって、それがとてもありがたかった。

「ねぇ、晴太。きょう遊びに行ってもいい？」

ある日、夏菜は突然ぶっきらぼうに訊《たず》ねた。

「いいけど……」

「今はおじいちゃんたちの家に住んでるんでしょ？　あの大きなお家」

夏菜は幼い頃に一度だけ、晴太の祖父母の家に遊びに来ていた。同じ地域に祖父母の家はあるので、晴太は転校しなくても済んだ。

「お菓子持って行く」

にいっと笑う夏菜の服には泥が付いていた。きのうは土砂降りで、運動場は使用禁止と先生から言われていた。こっそり遊んだのだろう。

夏菜は手作りクッキーを手土産に、本当に遊びにやって来た。夏菜とは久しく遊んでいなかったので、何をしようか悩んでいると祖父に「百人一首をしよう」と誘われた。

たくさんの札を並べ、祖父が読む。

「百人一首って、私が知ってるかるたと違って難しい」

晴太はよく百人一首で遊んでいたので、下《しも》の句も覚えていた。でもこの日だけは、夏菜に遠慮して知らないふりをして遊んだ。

帰り際、玄関先で夏菜は「晴太は、強いと思う」と言った。

晴太はほんの一瞬、息を止めた。泣き虫弱虫と馬鹿にされていた僕を、なぜ強いと思うのか。訳が分からず驚いた。よっぽど夏菜の方が強いように思えた。

「泣くのは弱いからじゃない。お父さんとお母さんが突然死んじゃうなんて、普通、耐えられないもん」

夏菜はそう言って、帰って行った。

晴太はいつから夏菜に恋心を抱いていたのか、思い出せなかった。いつの間にか心の中のど真ん中に夏菜がふんぞり返って座っていた。でも、これが恋だと晴太がはっきりと理解したのは、この百人一首をしたときかもしれない。

偶然かそれとも運命か、晴太と夏菜は小中高とずっと一緒だった。それなのに、なかなか想いを伝えられず、くすぶったまま青春時代を送っていた。何度も告白しようと考えた。

しかし、言葉に出そうとすると怖くて思いとどまってしまう。

もし、もしも断られたら。

成功すると信じたいが、心のどこかで失敗したらどうするのかともうひとりの自分が問いかけてくる。幼い頃のように、すんなり伝えられる勇気がほしい。そう毎晩のように願った。

高校生活の終わり、卒業式。晴太はついに夏菜に想いを伝えようと決意した。同じ学校へ通えるのは、高校生までだった。夏菜とは別々の大学に進学が決まっていた。

校舎横の体育館前で、晴太は夏菜に第二ボタンを差し出した。

「受け取ってください」

深く頭を下げる晴太に、夏菜は薄っすらと笑った。

「ありがと」

夏菜は晴太の汗ばんだ手のひらからボタンを受け取る。晴太は嬉しさのあまり、そのまま力強く手のひらを握りしめた。

やった！

「夏菜、帰ろ」

いいところに同じクラスの高橋《たかはし》くんがやって来た。

「じゃ、またね晴太」

ひらひらと手を振る夏菜の後ろ姿を、茫然と立ち尽くして見ていた。

夏菜には彼氏がいた。高橋くんは成績優秀で運動神経抜群。スポーツ推薦で大学に合格したと噂で聞いていた。おまけにイケメンだ。

晴太は混乱していた。ボタンを受け取ってもらえたということは、この気持ちも伝わったものだと思っていた。でもどうやら、ボタンを渡されただけだと夏菜は思ったのだろう。確かに好きだという気持ちは一言も声にしていない。でも、これで伝わるはずだった。第二ボタンをもらったら、普通わかるものだろうと晴太は思い込んでいた。

晴太の初めての告白は、こうして失敗に終わった。晴太はこの告白にひどく傷つき、しばらく立ち直れなかった。

夏菜との再会は成人式だった。晴太にとって、夏菜の振袖姿は美しくて眩しすぎた。夏菜が歩く度、黒に螺鈿《らでん》織りされた桜の花が七色に輝く。

晴太は再び夏菜に恋に落ちた。だが失恋の傷は完全に癒えておらず、夏菜とはうまく話ができないまま二次会が終わってしまった。帰り際、夏菜に「電話番号、ずっと変わってないから」と言われたが、とても電話する勇気はなかった。

晴太にも恋人がいなかったわけではない。大学の同じサークルの子と一年ほど付き合ったり、告白されたりもした。だが、いつも心に夏菜がいて何度も何度も夢に見た。

大学を卒業してすぐに、晴太は偶然夏菜と出会った。夏菜が母親と新車を見に来たのがきっかけだった。久しぶりの再会に、夏菜とふたりで会う約束をし水族館へ出かけた。子どもの頃、お互い親と一緒に何度も行った水族館だ。

「小学生の頃からずっと好きでした。付き合ってください」

ウミガメの赤ちゃんがふわふわと泳ぐ水槽の前で、晴太は告白した。長い間の気持ちがどっと溢れ出した瞬間だった。

「え？　そんな昔から？」

夏菜は素《す》っ頓狂《とんきょう》な声をあげて、大笑いした。夏菜は晴太の恋心にちっとも気づいていなかったと言う。

「高校のとき、ボタン渡したのに……」

「ああ、あれはただ友情の証《あかし》だと思ってた」

「なんで友情の証に、第二ボタンを渡すかなぁ」

呆れて笑う晴太に、夏菜は鞄の中に手を突っ込んで何かを掴み出した。

「でもまだ、持ってるよ」

夏菜は晴太からもらった第二ボタンを持ってきてくれていたのだ。

「まだこのときの返事が有効なら、喜んで」

二度目の告白で、晴太の恋はようやく叶った。

◇

祖母が亡くなって、二週間が経った。

ついきのう、夏菜は伸ばしていた髪をバッサリ肩上までに切ってしまった。

「来年、式を挙げればいいんだから」

また来年までに髪を伸ばすの、と笑って言っていた。

晴太は未だに夏菜にかんざしを渡せずにいた。

夏菜は近々ここへ引っ越して来ると言う。晴太も腹をくくるべきときだ、と覚悟を決めていた。

夏菜の仕事は不規則で、夜勤のときもある。きょうは日勤で、朝早くに出かけて行った。

晴太はなるべく夏菜の世話にならないよう、身体を動かすようにしていた。朝食の後片付けをし、洗濯機を回す。部屋の中は狭く、車椅子では動きにくいため、いつも松葉づえを使って生活をしている。何かに掴まれば立っていられるので、時間はかかっても家事はなんとかこなせた。

プロポーズをした日にすくった金魚は、きょうも元気に水槽の中を泳いでいる。上から餌を数粒落とすと、パクパクと口を大きく開けて食べていた。

「お前はいいなぁ、いつも元気そうで」

自由に水の中を泳げる金魚でさえ、今の晴太には羨《うらや》ましく思えた。

ピンポン、とインターフォンが鳴る。

こんな朝早くに、何かのセールスだろうか。

「はい」

晴太がドアを開けると、立っていたのは夏菜の父だった。祖母の葬式で会って以来になる。

「晴太くん、調子はどうかな？」

夏菜の父はいつも厳しそうに見えた。長い間父と母がいない生活を送っていた晴太には、夏菜の両親との距離の取り方が難しかった。

「ありがとうございます。この通り、足以外は元気ですよ」

晴太は無理やり笑ったが、内心うまく笑えているか心配だった。

「よかった。これ、食べて」

夏菜の父は駅前で有名なプリンの店の紙袋をぶら下げていた。夏菜が最近ハマっているプリンだ。

「ありがとうございます。どうぞ、上がってください。外は暑いですし」

すまないね、と夏菜の父は靴を脱いで、中へ上がる。黒い革靴がピカピカに磨かれていた。

「きょうは、おやすみですか？」

「ああ。ちょっと用事があって、有休を取ったんだ」

夏菜とは婚約しているにしろ、今は半同棲のようになっていて、父親とふたりきりというのは晴太には気まずかった。

「夏菜には、迷惑をかけっぱなしで……」

晴太が眉を八の字にして言った。夏菜の父は「いやいや」と首を振る。

「夏菜は、晴太くんが大好きなんだ。そばにいてやりたいんだろう」

そう口では言ったが、夏菜の父の表情は硬い。口元はぴくりとも笑わなかった。

「式はいつ頃を予定しているのかな」

その質問に、晴太は答えられなかった。

この足が治ったら、と言いたいが治す方法が今の段階では見つかっていない。夏菜の父もわかっているだろう。

「……申し訳ない。意地悪がしたいわけじゃないんだ」

夏菜の父が急に頭を下げる。

「いや、大丈夫です。頭を上げてください」

しかしそのまま夏菜の父は固まり、顔を上げない。

「今一度、この先の未来をよく考えてほしいんだ。夏菜は結婚するの一点張りで、先を考えてくれない。娘には苦労させたくないんだ」

夏菜の父が言いたかったのは、これだろうと晴太は思った。

ここへ来たのも、用事があって有休を取ったのも、この一言のためだったのだろう。それくらい、大切な言葉だったのだ。

「結婚を、考え直してもらいたい。もちろん、慰謝料だって払う」

結婚の報告をしに夏菜の両親と会った日を、晴太は思い出していた。晴太の生い立ちをよく知っていたからこそ、ふたりの結婚に夏菜の両親は心から祝福してくれた。緊張していた晴太に「よろしく頼むよ」と言った夏菜の父は今、涙を流しながら結婚を考え直してほしいと頭を下げている。

泣きながら訴えた夏菜の父に、晴太はただただ笑顔で「そうですよね」と答えることしかできなかった。正直、それ以外言葉が見つからなかった。

他人事。そうだ、他人事だと思えばいい。現実だとはとても思えない。悪い夢を見ているに違いない。

不治の病にかかり、仕事を辞め、唯一の家族だった祖母を亡くし、そして婚約者さえも失おうとしている。全部自分自身に起きた紛れもない事実なのに、まるで小説でも読んでいるように晴太にはどれも事実と認識できなかった。

晴太は夏菜の父を見送り、近くの公園まで車椅子を動かした。

小さな子連れの親子を眺める。他人の幸せを蹴散らしたくなった。

あの子も、あの人も、みんな当たり前のように幸せを持っている。でも、僕にはない。僕には一生得られない幸せだ。

公園には大きな池がある。足漕ぎボートに乗るカップルや、鳥や魚にエサをやる子どもたち。どこをどんなふうに切り取っても、晴太には何もかも輝いて見えた。太陽を直視するみたいで眩しすぎて、目を開けていられない。

池の真ん中にかかる桟橋から水面を覗き見た。真夏の太陽に照らされて、目が眩《くら》むほど眩しい。

「神様なんて、いないんだ」

心の中の言葉を、今度は声に出してひとりつぶやいた。

どうして、今なんだ。今、このタイミングなんだ。神様なんて絶対にいない。いたらどうして、こんなひどい仕打ちをするんだ。

ポケットの中のスマホが振動する。引っ張り出してみると、夏菜と表示が出ていた。ちょうど昼休憩の時間だろう。いつも日勤のときは昼休みに必ず連絡をくれる。

晴太は震える指先で電話に出た。

「もしもし？　きょうも暑いから、ちゃんとクーラー入れてね。熱中症になったら大変だからさ」

いつもと変わらない夏菜の声。僕の体調ばかり気に掛ける連絡。僕は一体、何をしているのだろう。何を悩んでいるのだろう。

「夏菜……」

「夜は何食べたい？　暑いからそうめんとかでもいい？」

「……ううん、いらないよ」

え？　外に食べに行く？　と引き続き晩ご飯の話をする夏菜に、晴太はひとつ大きく深呼吸をして言った。

「別れよう」

夏菜の幸せを想えば、最初からこの選択肢以外になかった。でも、心のどこかで晴太はハッピーエンドを願っていた。いや、ハッピーエンドしかないと思っていた。だから今まで、夏菜をずるずると巻き込んでしまったのだ。自分勝手な思い込みで。

「ちょっと、何言ってるかわかってるの？」

夏菜の声が急に強張《こわば》る。晴太はまた池を覗き込み、その中にぼんやり映る情けない自分を見て笑った。

「よく、わかってるよ」

泣きながら夏菜の幸せを願った父の顔が頭に浮かんだ。大切な娘の幸せを願わない親なんていない。夏菜には幸せになる権利がある。翼を奪われ、空を自由に羽ばたけなくなった鳥は、自分自身だと思っていた。でも実際は、夏菜の方だ。飛べるのに小さな鳥籠に入れられて、自由を奪われている。僕が籠を開けて解き放つしかない。

「急で申し訳ないけど、荷物をまとめて出て行ってほしい。できればきょうにでも」

僕は今晩、帰らないから。

最後にそう言い残し、晴太は夏菜の返事を待たずに電話を切った。とても夏菜の返事を聞けなかった。

夏菜はきっと僕を恨むだろう。でも、恨みも後腐れもなく別れられる男女の恋なんて、あるのだろうか。

祖母からもらったかんざしを握りしめる。

ばあちゃん、ごめんよ。手放すなって言われたけど、手放すのが正解だっていうときもあるのかもしれない。あの武士も、きっと――。

覗き込んだ池にぽとぽとと涙が落ちる。水面が揺れて、鳥たちが餌と勘違いして近寄って来た。人から餌付けされていて、この公園に住む動物たちは人を怖がらない。空から鳩も降りて来る。しっし、と手で追い払おうとすると、手の中のかんざしが滑り、池の中へと落ちて行った。

あっという間にかんざしの姿かたちが水底へと消えていく。あ、と小さく声を漏らすも、晴太は手を伸ばそうとはしなかった。晴太は不思議と冷静だった。

「こうなる運命だったんだ」

今手にしている物は、全部手元から消えてなくなる。いいや、僕自身、もうすぐ消えてなくなる。だからいいんだ。しがみついていたって、変えられないから。それならばいっそ、今手放した方がいい。どのみち、僕にはこのかんざしを渡せる大切な人なんていないのだから。

晴太は揺れる水面をしばらく見つめた。

太陽がじりじりと晴太を照らす。じんわりと額から出た汗が頬を伝う。大きな入道雲が晴太を見下ろしていた。

第二章　金魚姫と猫

水面にふわり、と薄桃色の花びらが舞い降りた。そこから波紋が穏やかに広がり、上弦《じょうげん》の月が静かに揺れる。

木蓮《もくれん》は湖畔に立って天を仰ぎ見た。細く鋭い金色の瞳に月を映す。灰青《はいあお》色の着物には塵ひとつない。黒い羽織は夜の闇に溶け、背中にある焔《ほむら》の家紋が白く浮かび上がる。月は木蓮の琥珀《こはく》色の髪を撫で、優しく包み込んで離さなかった。

暖かい。優しい光だ。

そっと瞼を閉じ光の中に身を任せる。木蓮の緊張した表情に自然と笑みが咲いた。

――ちゃぽん。

何かが跳ねる音がした。目を開けると、水面がさっきよりも強く揺れている。でも、何もいない。

木蓮は跪《ひざまず》き、湖に鼻を近づけてクンクンとにおいを嗅ぐ。それからすぐに頭を上げてうっと顔を顰《しか》めた。

水の匂いは苦手だ。水に濡れるのも嫌い。……それなのに。

きらり、と何かが光る。何かと近づいて見ればかんざしだ。桜の花びらが描かれた、蒔絵かんざしだった。木蓮はそれを拾い上げる。

水面がまた揺れる。ちらっと、誰かが顔を覗かせていた。

「かくれんぼをしている暇はない。俺はもう行くぞ」

木蓮が湖に背を向けると、

「待ってぇ！」

翠《すい》が水しぶきを飛ばし、湖から飛び出してきた。

「一緒に行ってくれるって、言ったのに」

「だから迎えに来ただろう」

木蓮が振り返ると、翠は幼い子どものように頬を膨らませていた。日の光を浴びたことのないような白い肌。幼さを強調する眉より上の前髪。葡萄《ぶどう》色の羽織に桜が舞う赤い着物。金色の帯に青い雫形の帯留《おびど》め。いつもの翠だった。

木蓮は拗《す》ねる翠の頭を軽く撫でた。

撫でた瞬間、さっと翠が薄水色のびいどろの器を背の後ろに隠すのを木蓮は見逃さなかった。

　また、か。

　木蓮は見て見ぬ振りをして、翠の着物についた雫を払った。

「そのままだと、風邪を引くぞ」

　翠は全身ずぶ濡れだった。長い黒髪から水がしたたり落ちる。翠は髪の毛をひとつに束ね、ぎゅっと絞った。それから自分で髪を結い、三つ編みを作る。

「水は嫌いだ」

「えぇー。水の中は気持ちがいいのに」

　翠は濡れた身体のまま、木蓮に抱きつく。木蓮は「やめろ」と言いつつも、翠を突き放したりはしなかった。

「これは、翠のものか？」

　先程拾ったかんざしを翠に見せると、翠は大きく首を振る。

「私のじゃないよ」

「じゃあ、落とし物か」

　木蓮はそのまま着物の袂《たもと》にかんざしをしまった。

　湖を取り囲むように桜の木々が生い茂る。花びらはほどよく色づき満開だ。と言っても、この世界では毎日満開になる。桜の花が終わることはない。

風が徒《いたずら》に花びらを降らせる。辺り一面が薄桃色に染まっていった。花びらがふわりと翠の髪に落ちる。木蓮がそれを指先でつまむと、翠は「綺麗な桃色」と微笑んだ。

現世《うつしよ》の悲しみがこの世界の桜を色づかせる。木蓮は祖母からそう聞いていた。

「現世には、悲しみしかないのかな」

翠も同じ話を知っているようだった。木蓮はうーん、と唸る。

「人間はわからない。俺たちとは全く違う生き物だから」

その言葉に、翠はただ首を傾《かし》げるだけだった。

ここは、あやかしだけの世界——隠世《かくりよ》。かつて大昔、現世で大暴れし人間たちから恐れられてきた九尾の狐——鬼灯《ほおずき》が創った世界だ。現世は二百年ほど前から徐々に、あやかしたちにとって住みにくい世界へと発展していた。人間は必要以上に木を切り倒し、川を埋め立て自然を壊していった。あやかしは本来ひっそり陰に潜むもの。人間が滅多に足を踏み入れない森や山の奥深くで暮らしていた。現世に住むあやかしは、今はいない。あやかしたちは皆、この隠世に移り住みひっそりと平和に暮らしていた。

木蓮は猫のあやかし。祖先の多くは山に住み、そこに住む動物や木の実を喰らって生きて来た。翠は金魚のあやかし。現世では〈人魚〉と呼ばれ、その血肉を口にすれば長寿になると信じられてきた。それゆえ、人間に捕らえられ多くの仲間たちが殺された。生き残りは少ない。

木蓮と翠は幼い頃から親しかった。猫と金魚。生物上仲がいいはずのない組み合わせだが、ふたりの祖先は互いのためにある約束を交わしていた。

あやかしたちがまだ現世で暮らしていた頃、翠の一族は人間に捕獲され殺され、存続の危機にあった。そこで、水が苦手な木蓮たち一族に護衛をしてもらう代わりに魚を渡す、という取り決めをした。それからもうずいぶん長い月日が経つ。現世からこの隠世へ移り住んだ今も、金魚のあやかしと猫のあやかしはこの関係を続けており、仲がいい。魚を渡す代わりに、身を守ってもらう。なにせ、人間以外にも金魚のあやかしを狙う者はいた。

隠世には、鬼灯が決めたいくつかの掟《おきて》がある。あやかし同士の殺生や共食いは禁止事項のひとつだ。翠たちの血はこの隠世でも価値が高い。高値で取引されるほどだ。人間たちが言うように、どんな怪我や病も治せる力があった。あやかしたちにも同じ効果が得られる。

翠は金魚のあやかしたちにとって、姫だった。それは木蓮たちにとっても同じ。守るべき大切な姫だ。

「きょうは一日、ちゃんと付き合ってよね」

やれやれ、と木蓮は大きなため息をついた。

「ため息はついちゃダメ！」

注意され、仕方なく大きくついたため息を吸い込んだ。

翠は定期的に都へ遊びに出かける。そのときの護衛は決まって仲良しの木蓮だった。しかし木蓮は、都のごみごみとした場所が苦手だった。

翠は湖のそばにある桜の木の根元に、びいどろを優しく置いた。

翠たちは、水がある場所でなければ生きられない。それも清い水でなければならなかった。木蓮たちが住む山のずっと奥深くは雪に覆われており、雪を司るあやかしたちが山を守っている。山から流れる雪解け水は清く、翠たちには住み心地がよかった。木蓮たちも現世では人里離れた山奥で暮らしていたため、都より自然豊かな土地を好んだ。

翠は楽しそうに右にふらふら、左にふらふら歩きながら山をどんどん下って行く。翠の様子はまるで桜の花びらのようだった。揺れる翠の黒髪を見つめながら、木蓮はその後ろを静かに歩いて見守る。

まったく、危機感のない姫だ。

都は、数多くのあやかしたちが商売をする場所だ。現世の人間たちを真似て、あやかしたちがそれぞれ得意なもので生計を立てている。あやかしたちは好奇心旺盛。翠の一族のように人間に傷つけられた者たちも、人間の世界や暮らしに興味を持っていた。人間に似た姿格好をしているのもそのせいだ。

繰り返す翠をずっと木蓮は見守っていた。

「新しい着物がほしいの」

翠はそう言い、今着ている着物の袖を引っ張った。

ついこの間も買ったばかりだった。何時間もろくろ首夫婦の呉服店に入り浸り、試着を繰り返す翠をずっと木蓮は見守っていた。

きょうも帰るのは遅くなりそうだ。

都は昼夜問わず賑わいを見せている。昼に活動するあやかしもいれば、夜行性のあやかしもいた。翠は昼に行動するあやかしだが、きょうは特別だった。

「鬼灯様の百鬼夜行《ひやっきやこう》、楽しみ」

「見物客が多いから、迷子になるな」

「ならないよ！　子どもじゃないんだから」

翠の見た目は、人間の十五、六歳ほどに等しい。だが実際は五十歳ほどだ。木蓮も同じだった。

きょうはここ隠世が創られてから二百年、あやかしたちが隠世へ完全に移り住んで百五十年になるため、祝いの百鬼夜行が行われる。鬼灯と隠世を守るあやかしたちの行列だ。

鬼灯は千年以上の時を生きるあやかし。隠世の中でも大長寿だった。鬼灯の姿は滅多に見られない。いつも都の真ん中に立つ城の中に籠っており、百鬼夜行が行われるのも五十年ぶりだ。鬼灯を一目見ようと、たくさんのあやかしたちが都へ集まって来るのが木蓮にはわかった。

「鬼灯様って、どんな感じなのかなぁ」

翠はまだ一度も鬼灯を見たことがなかった。そのため、きょうはずいぶん興奮気味だ。

木蓮は一度だけある。まだ幼い頃、父とともに都へ出かけたときだった。何枚も色とりどりの高価な着物を着重ね、優雅に歩いていた。銀色の髪は水面に映る星屑のように輝きを放っていた。近づくのも恐ろしいほどの力を感じ、その場でひるんだのを覚えている。

「木蓮は見たんでしょ？　どんな方なの？」

「これから見られるんだから、少し待て」

「木蓮の感想が聞きたいのに」

前方に都が見えて来た。月の光も、都の光には敵《かな》わない。ずいぶんと明るかった。

すれ違う者たちは皆、大きな橙《だいだい》色の提灯《ちょうちん》を手に持っていた。玉のように丸い。

「あれ何？　私もほしい！」

翠は小さな子どものように何でも欲しがった。

「あの、それはどこで買えるものだろうか」

すれ違いざまに、提灯を手に持つふたり組に声をかけた。

「あっちで配ってるよ。百鬼夜行の道を照らすために、必要なんだってさ」

礼を言い、迷子にならないよう翠の手を引きながら提灯を受け取りに行った。

砂利道がずっと先の鬼灯の城まで続いている。この道に並ぶのはどれも商売屋ばかりだった。隠世の中で、一番賑やかできらびやかな場所。翠が一番好きな場所だ。

「綺麗……」

木蓮は提灯に照らされた翠を盗み見た。翠も人間の姿を真似ているが、肌にはキラキラと輝く鱗が見えた。翠はそれが嫌だといつも言うが、木蓮は好きだった。翠の鱗は宝石のようで、水の中で泳いでいても翠の姿がよくわかった。太陽の下でも、月の下でも翠は美しかった。

こほん、と咳をひとつして、木蓮はまた翠の手を引きろくろ首の呉服店まで連れて行った。まだ百鬼夜行の時間まで間がある。

「あら、いらっしゃい」

呉服店はいつにもまして賑わっていた。日頃都へ来ないあやかしも百鬼夜行見物に多く集まり、商売繁盛といったところだろうか。着飾った女子どもが色鮮やかな着物を吟味している。

「翠ちゃんには、とっておきのがあるんですよ」

この呉服店はろくろ首の夫婦が営んでいる。店主の妻——お菊《きく》は、店の奥からたくさんの反物を抱えて戻って来る。

「どれも全部、翠ちゃんに似合うだろうなぁ」

店主の彦助《ひこすけ》がぐにゃぐにゃと首を伸ばしながら、翠を褒めた。

翠は褒められると有り金全部はたいて買ってしまう。木蓮はこの店に通うようになってすぐに夫婦の商売方法を理解した。夫婦がお世辞を言うときは、首が伸びるのだ。煽《おだ》てて買わせる。それが目に見えてわかってしまうのはどうだろう、と木蓮は密かに思っていた。気づかない方もどうかと思うのだが。

「きょうはひとつにしておけ」

木蓮はすかさず翠に耳打ちした。

「それじゃ、どれがいいと思う？」

翠はそう言って、反物をいくつか自分に当てて木蓮に訊ねた。

木蓮は、今の翠の格好が一番好きだった。翠の本当の姿は、赤い金魚だ。だから赤が似合うのかもしれない。そう思って、木蓮は赤い方の着物を指差した。

「これ？」

今翠が着ている着物よりやや鮮やかな赤に、青い蝶が羽ばたいている。色とりどりの花も咲いていた。

「さすがお目が高い！　こちら、現世から持ち帰った反物なんです。色といい柄といい、最高でしょう」

現世、と聞いて翠は目を輝かせた。

「じゃあ、これにする！」

鬼灯が作った掟のひとつ、現世への移動も禁じられている。ただ商売人に限っては一部の許可をもらえた者だけ、現世への行き来が許されていた。店主の彦助もそうだった。現世へ行くには鬼灯の許可が必要だ。そして、鬼灯が育てる鬼灯の実が現世へ行くための鍵となる。

木蓮は、昔父に「鬼灯様は城でたくさんの鬼灯を育てている」と聞いたのをぼんやり思い出した。

隠世では年中春だ。だが鬼灯は通常もっと暖かい時期に咲く花だと聞く。こんなにもたくさんの鬼灯を育てられるのは鬼灯様の力だろう、と木蓮は思った。

「彦助さん、現世ってどんなところ？」

「ことは大違いだよ。人間は何を考えているのか、腹の内がわからない連中ばっかりだ。だけど、作るものは一流だな」

木蓮は、頼むから翠に現世の話を詳しく聞かせてくれるな、と心の中で叫んだ。翠はただでさえ好奇心旺盛で、やると言ったら聞かない性分だ。木蓮はいつも苦労していた。

「お兄さんにも、いいのがあるよ」

お菊がまた両手いっぱいに男ものの反物を抱えてくる。

「いや、俺は結構です」

反物の柄を見て、身震いした。木蓮はいつも無地の着物しか着なかった。

「木蓮もおしゃれしたらいいのに」

「護衛の俺が派手じゃ、おかしい」

「このご時世、護衛なんて必要ないよ」

翠はのんきにそう言って笑った。

自分の価値がわからないのも、困ったものだ。あやかしの世界にもよからぬことを企《たくら》む者は大勢いる。都から少し離れた場所に、闇市があると噂されていた。生身のあやかしが売買されているという。木蓮たちは、そういう噂にも敏感だった。当然、翠の一族も同じく警戒している。翠の両親は都へ出かけないよう注意しているようだったが、当の本人は全く気にしていない。

「今注文が立て込んでいるから、仕上がりまで少し時間がかかるけど、取りに来られそうかい？」

お菊は暦《こよみ》を見ながら、仕上がりまでの日時を計算しているようだった。

「俺が取りに来ます」

「私も行く！」

「しょっちゅう都へ来ては、珊瑚《さんご》様と黒曜《こくよう》様が心配なさるだろう」

両親のことを言われた翠は、ぶー、とまた頬を膨らませて拗ねた顔をする。

本当に、困ったお姫様だ。

呉服店の次は、座敷わらしの貸本店。山には都のような娯楽がない。翠はいつも暇を持て余してしまう。そのため、都まで降りて来るときは必ず貸本店でいくつか本を借りて帰る。翠も木蓮ももうそろそろ、ここの貸本店の本をすべて読破しそうな勢いだ。

「新作が入ったよ」

座敷わらしの福《ふく》が、受付台で本を並べて見せた。どの本も新品ではないのがわかる。表紙は擦り切れボロボロだ。この貸本店にある本のほとんどが、現世から持ち込まれたもの。人間たちが捨てた古本がここに並ぶ。

「福ちゃんは、現世へ行ったことはあるの？」

翠は福に訊ねた。

「ないよ。今回入荷した本は全部、骨董《こっとう》店の銀治《ぎんじ》さんに持ってきてもらったものだから」

福たち座敷わらしは、見た目は人間でいう六歳ほどだ。でも実際は、翠や木蓮よりずっと年上である。現世では、座敷わらしはいつもおかっぱの女の子として描かれていることが多い。福たちもそれが気に入っていて真似ている。貸本店の中には、同じ姿格好をした座敷わらしたちがうろうろしていた。正直、木蓮にはどれが福なのか見分けがつかないときがある。

「銀治さん？」

「翠は本当に現世が好きなのね。銀治さんに聞いてきたらいいじゃない」

「確かに、そうね！」

「あ、でもきょうはお店やってるかしら……」

翠は新作の本をいくつか鞄に押し込んで、そのまま骨董店まで走った。木蓮も残りの本を慌てて手に持ち、福にお礼を言う。

「木蓮も大変ね」

「もう、慣れっこですから」

福はそれを聞いてお日様のように微笑んだ。

道を挟んだ向かいにあるのが、ぬらりひょんの骨董店だ。隠世で唯一、現世の品物ばかりが置かれた店でもある。ただ、銀治の店は銀治の気分で営業しており、ほとんど閉まっている。だがきょうは営業しているらしい。店に「開店」の札がかかっている。

扉を開けると、リンと鈴の音が鳴る。

「いらっしゃい」

小柄で腰がやや曲がった白髪の老人――銀治が、店の奥にある椅子に腰かけ不気味に挨拶をした。店内に一歩足を踏み入れたとたん、埃《ほこり》っぽいにおいが鼻をつく。天井にはガラスの電飾がたくさん吊り下げられていて、赤や青や黄、緑と鮮やかな光が店内にあふれている。

「綺麗ね。ここは別世界だわ」

「現世はこことは違って、いろんな国や文化があるんだよ」

ぬらりひょんは、ふらっと家に入り込みふらっと家からいなくなる。自由気ままなあやかしだ。現世でいろんなものを持ち返って来られるのは、おそらくぬらりひょんというあやかしの特異な力のおかげだろう。

「天井にある一番大きな電飾は、古い城から手に入れて来たものだ」

ガラスの電飾は七色に光っており、翠は口を開けたまま天井を見つめていた。

「美しい城だったよ。壁にはいろんな絵が飾られていてね、金の装飾が施されているんだ。その城に住む人間は、わしらのような服装とは違ってドレスというものを着るんだ」

「ドレス？　どんなもの？」

あそこにあるよ、と銀治は大きな鏡の横にある等身大の人形を指差した。

「このドレスは、男女が結ばれるときに着るものだ。人間の女は、このドレスを着る瞬間を夢見るんだと聞いた」

翠はうっとりとした表情を浮かべて、壊さないよう慎重にドレスに触れる。翠の肌にある鱗と同じように、ドレスも光の加減で輝いた。

「すべて手縫いで作られているんだ。白い生地に、白い糸で刺繍《ししゅう》されている。ビーズという小さなガラスの飾りも一緒に縫い付けてある」

「人間って、本当にすごい」

銀治はよっこいしょ、と椅子から立ち上がると大きなガラス棚の前までのっそり歩いた。

「これを見てごらん」

腰につけた鍵の束を掴み、その中のひとつをガラス棚に差し込んだ。建付けの悪い開き戸なのか鍵を開けても素直に開かず、銀治は強く手で引っ張って開ける。

「これは何？」

「男女が夫婦《めおと》になることを誓うとき、男が女に渡すものだ。大昔にはこんな風習はなかったが、今の現世ではよくあることなんだよ」

翠は銀治から何かを手渡された。木蓮もその手のひらの中の物を覗き込む。指輪だった。

「真ん中の石は？　水晶？」

「詳しいんだねぇ。でもこれはダイヤモンドというんだ。現世では一番硬い宝石なんだよ」

ダイヤモンド、と翠は銀治の言葉を繰り返した。

木蓮には水晶とダイヤモンドの違いは判らなかった。宝石なんてどれも同じように見えてしまう。

「この指輪をもらって、夫婦になるの？」

「そうだ。この指輪は愛の証と言われている。左手の薬指にはめるんだよ」

翠は自分で左の薬指にその指輪をはめた。少し大きくて、指輪がくるりと回転する。

「私も見てみたいな。現世がどんなところなのか」

翠は合わない指輪を外し、見つめながら小さな声でつぶやいた。でも、木蓮にはその言葉がはっきりと聞こえた。むしろ頭にこびりついて、離れない。木蓮は翠が毎日のように、薄水色のびいどろで現世を覗き見ていることを知っていた。だがおそらく、翠が現世へ行く日は永遠に来ない。鬼灯様の許可だって下りないだろう。どれほど懇願しても叶わない願いだとわかっていた。

「金魚のお嬢さんは人間に興味があるようだけれど、人間は恐ろしい生き物だよ」

銀治は指輪を受け取り、またガラス棚に戻しながら言う。

「人間に興味を持つのはいいが、深く関わらないことだ。人間というのは欲深く、自分のためならなんだってする。恋した相手でさえ、自分のためなら殺そうとするのさ」

「え？」

翠も木蓮も短い悲鳴を上げるように、即座に聞き返した。

「ここだけの話だけどね、」

はい、とふたりは生唾を飲み込んだ。そして次の言葉を待つ。

銀治が再び口を開きかけると、店の外で「百鬼夜行だ！」とあやかしたちが騒ぎ始めた。

「続きはまた、今度だな。百鬼夜行を見に来たんだろう」

翠はずいぶんと複雑そうな表情を浮かべていた。眉を八の字にし、口はへの字になっている。話の続きを聞きたいが、百鬼夜行を見逃すわけにはいかない。そんな顔だ。

「早く行こう。見逃したら次はいつ見られるか、わからないぞ」

木蓮は翠の手を引いた。

「銀治さん、また来ます」

木蓮はほしいものを買ってもらえず、駄々をこねる子どもを連れる母親のようだった。

銀治は「またいつでも」と顎《あご》に蓄えた白いひげを撫でながら言った。

店を出ると、道はあやかしでいっぱいだった。木蓮はしっかりと翠の手を握りしめ、すれ違いざまに誰かと肩をぶつけながら歩く。

「大丈夫か」

「うん」

翠の小さな声が聞こえた。

あやかしとあやかしの隙間から、翠は顔を覗かせ百鬼夜行を覗いた。

鬼灯を先頭に、ぞろぞろとあやかしたちの行列が見える。

鬼灯は紫色の亀甲鶴丸《きっこうつるまる》模様の唐衣《からぎぬ》に、赤や黄、橙と鮮やかな着物を重ねていた。金色の扇を手に持ち、舞い踊るように道を歩く。鬼灯の銀色の髪がなびくと、シャン、シャンと鈴の音が聞こえた。桜の花が鬼灯の髪に降り注ぐ。その姿はまるで凪《なぎ》にゆったりと浮かぶ桜の花のようだった。

「なんて美しい方なの……」

鬼灯は現世にいた頃から人間の姿に化けていた、と木蓮は聞いていた。その美しさで現世の男たちを虜《とりこ》にした、と。

鬼灯が翠と木蓮の方を見た。その瞳は唐衣と同じ紫色だった。銀色の髪は着物の裾より長く、肌は白い月のようだ。ひとたび目が合っただけで、木蓮は身動きが取れなくなった。

翠が強く木蓮の手を握りしめた。木蓮も握り返す。

九尾の狐とは、その名の通り尾が九つある狐の大妖怪だ。隠世でも鬼灯はずっと人間の姿をしていて、真の姿は誰も見たことがないと聞く。

鬼灯の後ろに、無数のあやかしたちが続く。多くが鬼だった。

隠世は人間が死後に行く黄泉《よみ》の世界とも繋がっていて、もともと鬼たちが住んでいた。その鬼を従え、頂点に立つ鬼灯はこの隠世最強のあやかしだろう。

鬼灯がふたりの前を通ったのはほんの一瞬だったが、木蓮は幼い頃と同様強い畏敬《いけい》の念を抱いた。

翠は鬼灯の姿を見て胸がいっぱいになっているのか、ずっとぼうっとしていた。

徐々に百鬼夜行が遠退《とおの》いていく。百鬼夜行の後ろに参列していたあやかしたちも、ぞろぞろ続いて歩いていた。

木蓮は翠の手を引き、提灯を片手に百鬼夜行に参加した。

「きょうは、これを借りよう」

ここへ来る前に拾ったかんざしを翠の髪につける。

「鬼灯様と同じだ」

翠はかんざしに触れると、すぐに嬉しそうに目尻を下げる。

このずっと先の先頭に、鬼灯様がいる。

木蓮は自分も立派なあやかしの一員になった気がした。自然と背筋がピンと伸びる。翠は頬を赤く染めて木蓮の隣を歩いていた。

百鬼夜行は、明け方まで続いた。

朝日が昇ると、鬼灯は自分の城の中へと消えて行った。

夜通し起きていたせいで、翠はずいぶん眠たそうだった。眠ってしまったら、木蓮が背負って歩かなければならない。それだけは避けたかった。だから木蓮は、光らなくなった鬼灯提灯を片手に必死で翠に話しかけた。木蓮だって、翠に何かあったらどうしようかとずっと緊張状態ですっかり疲れ切っていた。

「鬼灯様が見られてよかったな」

行きとは違い、もたもた歩く翠は「うん」と短く答えた。

「見たかったのだろう。どうだった？」

「美しい方だった……でも」

「でも？」

木蓮は訊き返す。

「鬼灯様、なんだか寂しそうだった」

「寂しそう？」

翠はそう言って、瞼を強く擦った。

木蓮には鬼灯が寂しそうにはとても見えなかった。強く逞《たくま》しく、美しい。誰もが羨む力の持ち主だ。

「鬼灯様に、直接お会いしてみたいな」

恐ろしいことを言う。木蓮は、翠が寝ぼけていると思ってその言葉には反応しなかった。

日がすっかり登った頃、翠の湖に戻って来た。

ちゃぽん、と倒れ込むように翠は湖に落ちた。そのままゆらゆらと湖の底へ沈んでいく。もう眠っているようだ。

木蓮は翠の姿が見えなくなると、桜の木の根元に腰かけた。出かける前に翠が置いて行ったびいどろの器に、桜の花びらが積もっている。木蓮は恐る恐る中を覗き込んだ。いつも翠がしているように。

ここ最近、怖い夢を見ていた。翠がどこか遠くへ行ってしまう夢だ。蝶を追いかけるように、何かに夢中になって走って遠くへ行ってしまう。追いかけても追いかけても、追いつけない夢。いつか本当に、翠はこの器に映し出される向こうの世界へ行ってしまうのではないだろうか。そして永遠に翠を失うのではないか。

木蓮は強く頭を振り、器に背を向け提灯を抱きしめた。

どうか今は、幸せな夢が見たい。

木蓮はそう願い意識を手放した。

きょうも桜が満開である。眠った木蓮の頬に、そっと一枚の花びらが舞い降りた。

水や鏡など、姿を映すものは現世をも映し出す。隠世と現世の水や鏡は繋がっているが、見たいものを自由に覗き見ることはできない。現世への行き来は限られた者以外禁じられているが、覗き見るのは禁じられていなかった。映像は見えるが音は聞こえず、小さな窓から景色を見るくらいの範囲しか覗けない。それでも、翠にとっては楽しいようだ。

しかし、翠は両親から固く禁じられていた。現世を覗き見てはいけない、と。

翠にとって、そんな規則は関係ないようだった。

「翠、いい加減覗くのはやめろ」

おととい座敷わらしの貸本店から借りた本そっちのけで、水鏡を通して現世を見ている。

「だって、面白いんだもん」

人間は何を考えているのか、腹の内がわからない連中ばっかりだと呉服店の彦助は言っていた。その言葉を木蓮は思い出す。確かに、木蓮も父や周囲から人間は欲深い生き物だと教えられてきた。骨董店の銀治は、恋した相手さえ自分のためなら殺そうとすると言った。

一体、どういう意味だろう。人間に興味などない木蓮も、銀治の言葉の続きは気になっていた。

「人間は翠にとって危険な生き物だ。わかるだろう」

「人間だって、みんなが悪じゃないでしょ。私たちと変わらないよ」

翠の母上が聞いたら、さぞ悲しがるだろう。

木蓮はそう思っても、声にはしなかった。もう、何百回と言ってきた言葉だ。言わずともわかってほしい。

「木蓮は、人間がみんな悪だと思う？」

「さぁ。人間に会ったこともないからな」

木蓮も人間の姿に変化《へんげ》し生活している。その理由は、単に翠がそれを望んだからだ。だが、鬼灯のように完璧に人に化けるのは難しい。特に動物の血を引くあやかしには、難易度の高い技だ。尻尾や耳がつい出てしまう。人間そっくりに化けられるのも、力がある証拠だ。力を制御するための訓練として、木蓮は日々人間に化けていた。

「ほら、茶色い耳が出てるよ」

翠に指摘され、はっとなり耳を隠す。

ふと、水鏡を見ると現世の様子が映っていた。翠の熱い眼差しは、いつもこの器の中に向けられている。今までも水鏡を通して現世を見ることはあったが、ここ一年翠は熱心に現世をずっと見ていた。

何かを探している？

「尻尾も出て来たよ」

いやいや、そんなはずはない。大体、現世で何を探すというのか。

木蓮は、咳払いをして今度は尻尾を隠した。

「現世の世界はこことは全然違う。見ているだけでも、楽しいの」

翠はそう言って水鏡に触れた。波紋が広がり、映っていた現世は静かに消える。

「気分転換に、散歩でもしよう」

木蓮は翠に提案した。どちらかと言えば、翠ではなく木蓮自身の気分転換に、という意味に近かった。翠は器の中の水を捨て、そのまま手に持ち立ち上がる。翠はどこへ行くにも器を持ち歩いていた。

やれやれ、と木蓮は翠に気づかれないよう静かにため息をつく。

翠は百鬼夜行の夜からずっと、木蓮が渡したかんざしを着けていた。気に入ったのだろう。誰のものかはわからない。翠が着けて歩いていれば持ち主も自然と見つかるかもしれないと、木蓮はそのまま何も言わなかった。

山には大きな川があり、きょうはずいぶんと流れが速かった。流れが速いときは、たまに〈迷い〉と出会う。〈迷い〉とは、死んだ人間の魂だ。この山の川はあやかしたちにとって命の川だが、同時に黄泉へと続く三途の川と繋がる川でもある。そう頻繁に起きる事ではないが、三途の川から迷い込んだ人間の魂がここへ流れて来るときがある。

「流れが速いから、気を付けろ」

川沿いを歩きながら木蓮が翠に注意を促す。

しまったな、と木蓮は翠を散歩に連れて来たことを後悔した。人間の魂とはできれば会いたくない。ふたりはこれまで何度か人間の魂と遭遇している。だが、会うと翠が人間に興味を持って近づこうとするから木蓮は大変だった。それに〈迷い〉がいれば、必ず鬼もいる。地獄の番——獄卒《ごくそつ》が〈迷い〉を探しにやって来る。

「ここから離れよう。川沿いは危ない」

翠はじぃっと川を見つめていた。

「誰かいるよ」

翠が指差す方には、大きな岩の上で蹲っている老婦人がいた。白い着物を着て、顔を両手で覆っている。泣いているようだ。

間違いない。〈迷い〉だ。

木蓮は翠の腕を引っ張るが、翠はするりとすり抜けて老婦人のもとへ駆け寄った。やれやれ、と仕方なく木蓮も後に続く。

「どうしたんですか？」

重々しく顔を上げる老婦人は、翠の姿を見てまた泣いた。翠は優しく老婦人の背中を撫でる。

亡者《もうじゃ》だとしても人間に触れるなんて。本当に、翠の両親がここにいなくてよかった。もしこのことが知られたら……と考えて木蓮は身震いした。護衛から外されてしまう。怒られるだけで済むなら御の字だ。

「私の……孫が……」

「孫？」

老婦人は溺れたみたいに、とぎれとぎれに言葉を口にした。

「孫を……助けてほしい……」

「お孫さん、どうしたの？」

翠は空中に散る老婦人の言葉を、必死に繋ぎ合わせようとしていた。

「病気で……」

翠は老婦人の手を取り、川の水が及ばないすぐ脇へ誘導した。老婦人は寒さでガタガタ震えている。それを見た翠は、木蓮に火を起こすよう頼んだ。

「放っておけ。獄卒が来るぞ」

獄卒は特別厄介ではない。ただ〈迷い〉と関わった場合、その詳細を聞かれて控えられる。それが厄介だった。最悪の場合、身内に知らされる可能性もあった。翠の両親に知れたら木蓮は護衛として失格だ。

「放ってなんかおけないよ。こんなに震えてるのに」

翠は決めたら絶対、曲げない。木蓮はそんな翠の性格をよくわかっていた。

木蓮たち猫のあやかしは、炎を司るあやかしでもあった。火を起こすのは容易《たやす》い。木蓮は眉を顰《ひそ》めつつ、近くに落ちていた枝を少し集めてふーっと息を吹きかけた。息とともに火が吹き出てきて、あっという間に枝が燃える。

「ほら、暖まって」

翠は火のそばに老婦人を座らせ、暖まるよう背中や腕を摩《さす》ってあげていた。しばらくして、老婦人の身体の震えは少しずつ止まっていった。

何があったのかもう一度翠が訊ねると、老婦人はようやくはっきりとした口調で話し始めた。

「私には、孫がいて。でも最近、原因不明の病気にかかってしまい、余命宣告まで受けてしまったんだよ」

老婦人はその孫が心配で悲しんでいたのだと言う。

「まだ孫は若い。これからがいいところなのに……」

人間の寿命は、あやかしと比べたらはるかに短い。一瞬だ。木蓮も翠も、人間ならばもう五十。若いとは言えない年齢になる。しかし、あやかしにとって五十歳なんてまだ若造もいいところだ。

翠は老婦人の両手を握りしめ、笑顔を向けた。

「おばあさん、大丈夫です。私がお孫さんを助けます」

「何⁉」

木蓮は驚いて、声がひっくり返る。

「な、何を言っているのだ。どうやってその孫を助ける。現世になんて俺たちは行けないだろう」

「鬼灯様に、お願いするの」

「馬鹿を言うな。無理だ、そんなもの」

「無理じゃないよ！」

翠は大声で怒鳴った。木蓮は激しく瞬きをして、言葉を失う。代わりに頭の上に耳が顔を出した。

「おばあさん、安心して。私が絶対になんとかしてみせるから」

老婦人はまた瞳を潤ませて、翠の手を握り返す。

「できない約束はするものじゃない。現世へ行くには鬼灯様の許可が必要だ。俺たちにそんな許可が下りるわけがないんだ」

「そんなこと、やってみなくちゃわからないじゃない」

鬼灯が許すはずがない、そうわかっているのに、なぜか木蓮の心はざわついていた。なぜここまでして翠は人間を助けたいのか。

翠は持っていたびいどろに川の水を張った。

「水面に触れてみて。お孫さんのことを想いながら」

「何をするつもりだ」

「お孫さんを見せてもらうの。顔がわからなくちゃ、助けられないでしょ？」

隠世の水は、現世を映せるだけでなく触れた者の記憶を映し出すこともできた。

まだ若干寒さで悴《かじか》む老婦人の手を引き、びいどろに指先を持っていく。老婦人の指が水面に触れると、小さな波紋が大きく広がっていった。少しずつ水鏡に現世が浮かび上がる。

老婦人の孫が現れると、翠ははっと息を呑んだ。そして興奮気味に木蓮を見る。

「この人！　彼は、おばあさんのお孫さんなの？」

「え？　ええ、晴太を知っているのかい？」

木蓮はわけがわからず水鏡を覗き見た。そこには見知らぬ青年が映っている。

一体、この男は誰なのか。

翠は嬉しそうに青年を見つめている。それを見て、木蓮は冷たい川で溺れるような感覚に襲われた。

あれほど熱心に現世を見ていたのは、まさかこの男を探していたからなのか？　でもなぜ、翠はこの男を……？　もしや、翠はこの男に恋をしているのか？

木蓮の頭の中が真っ白になる。

あやかしは、人間よりもはるかに長い時間を生きる。鬼灯のように千年以上と生きるあやかしもいた。でもあやかしは、長い一生のうちたった一度しか恋ができないと言われている。その恋が叶うとも叶わずとも、その恋で一生を終える。だから容易に恋をしないよう、他の者に心を許したりしないし、恋について語りもしない。正直、恋がどんなものなのか木蓮にはわからなかった。

木蓮は頭を抱えた。

胸が苦しい。抉《えぐ》られるようだ。

「晴太……晴太っていうのね」

「星野晴太というんだ、私の孫は」

せいた、ほしのせいた、と翠が小さな声で何度も繰り返した。その声に木蓮の鼓膜が震えた。気持ちの良いものではなかった。

「……待て。まさか翠、人間に自分の血を分けようと思っているのか？」

「それしかないでしょ。不治の病なんだから。この血があれば、助かるじゃない」

翠には本当に困らされる。人間によって一族の多くが命を落としたというのに、たったひとりの人間を助けようなんて。そのために自分の命を危険に晒すとは、なんて間抜けなのだろう。

「私の血があれば、きっとお孫さんを助けられる。だから安心して」

翠は老婦人の手をしっかり握り、微笑んでいる。木蓮には、翠の表情が自信に満ちているように見えた。

「……あら、素敵な髪飾りね」

老婦人は翠の髪にあるかんざしを指さした。

「あっ、これ？」

髪から抜き取り、翠は老婦人にかんざしを渡す。

「瀬を早み　岩にせかるる滝川の　われても末に逢はむとぞ思ふ」

老婦人はそのかんざしを優しく撫でながら、ひとつ歌を歌う。この歌は翠も木蓮も知っていた。百人一首の中のひとつだ。

「その歌、私も大好き」

翠が言うと、老婦人は「私もだよ」と頷き目を細める。

「この歌と同じだね。こんなにも流れの速い川に流された老婦人を、可愛らしいお嬢さんが助けてくれた。孫の命まで救おうと言ってくれた。岩にせき止められた急流は、わかれてもまた一つになるように、私ははぐれた運命と再会できたようだね」

老婦人が微笑むと目元にぎゅっとしわが寄った。深く広がるしわは老婦人を柔らかく見せる。

老婦人はかんざしを翠の髪に戻した。よく似合っているよ、と褒めながら。

「翠、もう行こう」

木蓮の頭に現れた耳がぴくっと動く。

少し上流の方で気配を感じる。ひとつ、いやふたつほど、何かがいる。獄卒たちがおそらくこの老婦人を追ってきた。

木蓮は急いで川の水をかけ、火を消した。

木蓮は翠の腕を強く引いた。だが翠は老婦人に手を伸ばし「だけど……」となかなか離れようとしない。

「私のことは大丈夫だよ。ありがとうね」

老婦人はそう言って手を振った。

「晴太に会ったらよろしくね」

木蓮は翠を抱きかかえ木々の間を駆け抜ける。枝から枝へと飛び、急いでその場から遠くへ離れた。

耳を澄ませて周囲の様子を探る。

獄卒の気配もない。ここなら大丈夫そうだ。

川からずっと離れたところまで来て、翠を降ろす。

「一体、何を考えているんだ！」

今度は木蓮が大声で翠に言葉をぶつけた。

「だって、あのおばあさん困ってたし……」

翠は唇を噛む。

困っていたことくらい、木蓮にもわかる。だが、現世へ行き原因不明の病を治して人間を助けるなど不可能だ。

「私、決めたの。助けるって」

木蓮が嫌なら私ひとりで行く、と翠ははっきりと言った。

「だって、晴太に逢えるんだよ！　ずっと、私が逢いたかった人なの」

ずっと逢いたかった人。

その言葉がずしんと木蓮の心に重くのしかかる。それほどまでに、翠はその人間に逢いたいと願っていたのか。

木蓮は大きなため息をついた。

「……ひとりで、行かせられるわけがないだろう」

「じゃあ、一緒に行こう」

嬉しそうに笑みを浮かべて、翠は木蓮の手を取った。

その笑顔に、木蓮は嫌だとは言えなかった。

翠を護る。

木蓮は、それだけをぎゅっと握りしめた。

「鬼灯様のところへ行こう」

翠が小声で木蓮に言う。

「いや……でも」

「早くしないと。晴太が死ぬかもしれない」

人間の一生はあっという間だ。翠が助けても、星野晴太はそう大した時間を生きられない。若いとはいえ、今死んでも八十で死んでも木蓮にはそこまで大きな違いはなかった。

「人間の運命を、俺たちが変えてしまうのはどうなのだろうか」

「え？」

「誰にでも運命というものがある。星野晴太は、このまま死ぬのが運命ではないだろうか」

あの老婦人に出会わなければ、星野晴太という人間が不治の病に苦しんでいるとは知ら

なかった。いつもと変わらない日々を過ごしただろう。それに、翠という希少なあやかし

と亡者が遭遇する確率はかなり低い。しかも、たまたま遭遇した亡者は翠がずっと探して

いた青年の祖母だった。

これは偶然か。それとも運命だろうか。

木蓮は首を捻《ひね》り、考えた。

「何が運命なのか私にはわからない。でも、助けられるのは私だけしかいないよ」

「それはそうだろう。だが、星野晴太以外にも生きたくても生きられない者はいる。翠は

なぜ、星野晴太を助けたいのだ」

人間だけでなく、あやかしもいつかは死ぬ。寿命を全うして死ぬとも限らない。翠の力

で助けられる命は、星野晴太だけではないのだ。

「助けることに、どうして理由がいるの？　もちろん、病気で苦しんでいるすべての命を

救うのは無理だってわかってる。だけど、まだ彼は助けられる。だから私は助けたい」

理由を求めた俺が馬鹿だった、と木蓮は自分を責めた。

「まさか……星野晴太に恋したわけではないよな」

木蓮は独り言のように言った。

翠は瞳を閉じて「恋って、どんな感じなのかな」と返した。

「翠、彼は人間だ。人間は欲深い生き物だとみんな言っているだろう。目を覚ませ」

「でも、晴太はいい人なの」

「会ったこともない人間なのに、なぜいい人だとわかる？」

翠はいつものように、少し拗ねたような表情を浮かべて「わかるの」と繰り返すだけだった。

「百歩譲って、いや千歩譲って、星野晴太を助けに行くと決めたとしても、鬼灯様が許可してくれるとはとても思えない」

「鬼灯様に会いに行ってお願いしたら、大丈夫だよ」

「翠、君はどうして……」

その先の言葉は、木蓮の口の中でとどまった。翠は行くと決めている。木蓮がいくら諭《さと》しても、無理だということはよくわかっていた。

「鬼灯様は、そうやすやすとお目通りが叶う相手ではないぞ」

どうする？　と翠に訊ねる。

「とりあえず、行ってみる」

「そんな行き当たりばったりで、うまくいくはずがない」

「大丈夫」

翠は何度も何度も繰り返すように「大丈夫」と唱えた。

「……銀治さんのところへ行こう」

「銀治さん?」

「銀治さんには特殊な能力があると噂で聞いたことがある。鬼灯様の城に忍び込めるかもしれない」

何を言っているんだ、と木蓮は自分で自分に呆れた。鬼灯様の城へ忍び込む方法を考えるなんてどうかしている。

「じゃあ、行こう!」

翠は水面に浮かぶ星野晴太を見つめてから、ふっと息を吹きかけて消した。

「早く行かなきゃ」

誰にも見つからないうちに、こっそり翠を連れて行くしかない。

翠はまるで誰かの家に遊びに行くかのようにはしゃいでいて、木蓮はやれやれとため息をついた。

木蓮は翠を再び抱きかかえ、急いで山を下りた。

太陽がゆっくりと沈み、空には星がひとつ、ふたつと瞬きはじめる。

夜の都は、昼間と変わらず賑わっていた。だが、おとといの百鬼夜行のような行事がないため、都をうろつくあやかしは皆、夜に活動する者たちばかりだった。

精肉店の前に、あやかしたちが集まって何かを熱心に見ていた。木蓮があやかしたちの間から覗き込むと、人間の肉が売られていた。相当に珍しい。

「新鮮な人間の肉が入ったよ！」

店主が威勢のいい声であやかしたちを呼び込む。ぞろぞろとあやかしが集まって来た。

「あたしは目がほしい」

「耳を売ってくれ」

「心臓はないのかい？」

買い物客が次々に人間の肉を奪い合った。

あやかしにとって人間の肉はそう滅多に手に入らない、高級品だ。現世にあやかしたちが住んでいた頃は、無闇《むやみ》に人間を喰らったり拐《かどわ》かしたりすれば、陰陽師だの祓《はら》い屋だのが退治しに来る可能性があった。今は単に手に入りにくい。この百五十年で現世の世界はずいぶんと様変わりし、人間を取って喰らえるのは鬼灯ほどのあやかしでなければ難しいと言われている。

人間の肉を喰わなければ死ぬということはないが、想像を絶するほどに美味だと木蓮は聞いていた。木蓮たちの祖先もわざわざ人里へ降りて人間を襲ったりはしなかったが、森に迷い込んだ人間を襲って喰らっていた。

生きた人間を隠世へ連れて来ることは禁じられているが、死んでいれば問題はない。ただ、死体もなかなか手に入りにくいため、人間の肉は高い値段で取引されている。

木蓮は翠に見せないよう、精肉店から遠ざけながら歩いた。

銀治の骨董店の戸を開けると、いつものように鈴の音が鳴る。店内に入ると、しばらくして銀治の「いらっしゃいませ」というしわがれた声が聞こえた。

「おや、金魚のお嬢さん。こんな夜遅くにお買い物かい？」

「銀治さんに、お伺いしたいことがあるんです」

木蓮は銀治に詰め寄った。

「先日、人間の話の途中でしたよね。続きを聞かせてもらえませんか？」

銀治はのろのろと椅子から立ち上がり、髭《ひげ》を撫でながら不思議そうな顔をした。

「金魚のお嬢さんではなくて、まさか猫のお兄さんが興味を持つとはねぇ」

木蓮はその言葉にすぐに首を振った。

――人間というのは欲深く、自分のためならなんだってする。人間はね、恋した相手さえ自分のためなら殺そうとするのさ。

銀治が言った言葉の続きを翠が聞いたら、諦めてくれるかもしれない。ものすごく低い確率だったが、木蓮はわずかな望みも捨てなかった。

現世に翠を連れて行くなんて、護衛失格だ。翠の両親に知られたら、護衛から外されるだけでは済まないだろう。銀治さんから人間のひどい話を聞いて、諦めてくれ。どうか、頼む。

木蓮は祈るように銀治に話の続きをねだった。

銀治は入り口の扉まで歩いて行くと、外にある「開店」の札をひっくり返し「閉店」に変えた。

「長い話になるからなぁ」

「手短にお願いします」

木蓮に言われ、銀治は眉を下げて困り顔になる。

「わしは今、いくつに見える？」

「え？」

唐突な質問に、木蓮は言葉を詰まらせた。代わりに翠が「うーん、五百歳？」と答えた。

「おお、お嬢さんにはわしはそんなに若く見えるのかい」

「おいくつなんですか？」

木蓮が訊ねると、銀治は「千歳とちょっと、かな」と言う。

「千歳!?」

翠と木蓮の眉が大きく吊り上がる。鬼灯と同じくらいの長寿である。

「鬼灯様とだいたい同じくらいの時間を生きている。鬼灯様のことも、今よりずっと昔から知っているんだよ」

「でも、どうして鬼灯様の話を？」

翠が首を傾げた。

「これは、鬼灯様の昔話でもあるんだ」

銀治は、さぁかけて、と古い椅子を二脚奥の部屋から引っ張り出してきた。

「まあ、とりあえず座りなさいな」

翠と木蓮は言われた通りそれに座った。

「なぜこんな、商売気がない骨董店の店主に現世との行き来が許されていると思う？」

「ぬらりひょんは、ふらっと家に入り、ふらっと出て行くことができるあやかしだと聞きました。現世から価値のあるものを持って来られるためではないのですか？」

「それも、半分正解だ」

銀治はしばらく回答を待っている様子だった。でも翠も木蓮も、それ以外はわからなかった。

「鬼灯様の秘密を、唯一知っているからだ」

「鬼灯様の秘密？」

こんな店の店主がなぜ、鬼灯様の秘密を知っているのか。木蓮には想像もつかなかった。だが、確かに考えてみれば銀治が特別な待遇を受けているような気がしてきた。銀治の気まぐれ営業のせいで、客は滅多に来ない。物は売れないのに、どんどん新しい商品が増えていく。

銀治が、鬼灯様から特別待遇を受けられるほどの秘密を握っているとは。そしてそれを、今から聞くなんて恐れ多い。

木蓮は身震いした。

「そんな秘密を、俺たちに教えても大丈夫なんでしょうか」

「君たちは、わしに他にも頼み事がしたいんだろう？」

なぜわかるんだろう、と木蓮が疑問に思っていると「図星か」と銀治は笑った。

「ただで、とは言わない。それをわしにくれたら、秘密も教えるし君たちの頼みも快く引き受けよう」

「お金ですか？」

翠が真剣な表情で聞き返す。でも木蓮は、別のもののような気がした。

「いいや。金をもらっても、わしには使い道がない」

「じゃあ、なんですか？」

木蓮は自分の勘が外れていることを願いながら、もう一度訊ねる。

「金魚のお嬢さんの血を、一雫分けてほしい」

木蓮はすぐに椅子から立ち上がり「それはできない」と強く言った。

「そうか……それなら、仕方がない」

「行こう、翠」

木蓮が翠に言うが、翠はそのまま俯《うつむ》き何やら考えているようだった。

「銀治さんは、その血を何に使うつもりなんですか？」

「そんなことを聞いてどうするんだ。翠の血は、容易に誰かに渡せるものじゃない」

「でも、知りたいの」

翠はそう言って、銀治を見る。

「想っている女がいる」

え、と翠は短く声を出した。

「それって……好きな人？」

銀治は照れくさそうに笑って、頷いた。

「五十年くらい前から足が悪くて、歩けないんだ。だから、何とか治してやりたくて」

もう一度だけでもいいからふたりで歩きたいんだ、と銀治は言う。

翠の血で治癒したい者はそこら中に溢れているようだ。でもすべてを治していたら、翠はどうなってしまうのだろう。

「いいよ。銀治さんに、分けてあげる」

「翠！」

心配する木蓮に、翠は「大丈夫」と軽く微笑んでみせた。

翠は小さな瓶を銀治にもらい、自分の小指の腹を歯で少し切った。ぽた、とすぐに垂れる血を一雫小瓶の中に落とす。

木蓮は二雫目が落ちないよう、すぐに自分の着物を破り小指を止血した。

「ありがとう。これでまた歩けるようになるよ」

銀治の瞳には、うっすら涙が見えた。

小瓶の中の翠の血は、金色に輝く黄金の血液だった。星の欠片《かけら》を小瓶の中に閉じ込めたように見える。

「どうかこのことは内密に。彼女の血は特別ですから。誰かにやすやす分け与えていいものではありません」

木蓮が銀治に頼むと、銀治は「もちろんだ」と深く頷いた。そしてすぐに、自分の懐へ小瓶をしまって安堵の表情を浮かべる。

「鬼灯様は、人間に恋をしたんだ」

「え？」

翠も木蓮も驚いて、お互いに顔を見合わせた。

「鬼灯様が……人間に恋を？」

翠がもう一度、銀治の言葉を繰り返した。言葉の意味が、すぐには理解できていないようだった。

「鬼灯様が……あの鬼灯様が人間に恋をした……？」

木蓮も同じように、何度もぶつぶつとつぶやく。

「恋した相手さえ自分のためなら殺そうとするというのは、人間と鬼灯様のことなんですか？」

銀治は「そうだ」と言って、遠くをぼんやりと見つめていた。昔を思い出しているのだろうか。

「あやかしは、長い一生で一度しか恋ができないと言われている。恋などしない者も多いくらいだ。でも人間は、短い一生のうち何度だって恋をする」

木蓮は「なんて薄情な生き物なんだ」とため息をついた。

「どうしてその人間は、鬼灯様を殺そうとしたんですか？」

「鬼灯様は、今も昔も人間にとって巨悪な存在。人を惑わし喰らうあやかしだった。鬼灯様を討ち取れば、その人間は好きなだけ金が与えられると約束されていた」

ならば鬼灯様は、人間に恋をしたうえ騙されたというのだろうか。その人間は、金目当てに鬼灯様に近寄り殺す計画をしていたのか。いやでも、そもそも本当に鬼灯様が人間なんかに恋をするだろうか。

木蓮は黙って考えた。

「でもどうして、銀治さんが知ってるの？」

翠は両方の眉を上げて、前のめりになりながら訊ねる。

「わしはこの通り、大した能力も持たないあやかしだ。その日もふらっと、人間の家に忍び込んで残飯を漁っていた。そしたら人間たちがそう話していたのを聞いたんだ。だから、鬼灯様にも危険を知らせた」

「鬼灯様は、なんて？」

　翠がすぐに訊き返す。

「鬼灯様は同じあやかしのわしではなく、恋した人間を信じたんだ」

「その人は、本当に鬼灯様を殺そうとしたんでしょうか。鬼灯様のことを何とも思っていなかったんでしょうか」

「それは本人たちにしかわからない話だな。聞いてみるといい」

　教えてくれるかどうかはわからんが、と銀治は歯を見せて笑った。前歯が二本だけ顔を覗かせている。

　木蓮は銀治の話を話半分で聞いていた。

　もし仮に銀治の話が本当だったとしたら、人間は相当ずる賢く、欲深く、厄介な生き物だ。鬼灯様ともあろうあやかしがそう簡単に騙されるとは思えない。木蓮は心の中で思った。

「それで、君たちは何が望みなんだい？」

　翠と木蓮は、お互いに顔を見合わせ大きく頷いた。

「鬼灯様の城へ忍び込みたいんです」

木蓮は言った。

「忍び込んで、どうする?」

「鬼灯様に、現世へ行く許可をもらいたいの」

「君たちふたりが、現世へ?」

銀治はしばらく黙って、髭を撫でていた。

「お願いします。どうしても、現世へ行きたいんです」

翠は丁寧に頭を下げて、銀治に頼み込んだ。

「だが……現世へ行く許可なんて、そうそうもらえないと思うが」

「それでも、一度鬼灯様にお願いしたいんです」

翠の気持ちは変わらないようだった。もしかしたら、翠も現世で人間に利用されてしまうかもしれない。そう考えると木蓮は怖くて仕方がなかった。人間という生き物がわからない。木蓮が聞いた限りでは、ろくな生き物ではなかった。

「猫のお兄さんも賛成なのかい?」

「俺は……」

翠と目が合う。あの目は木蓮がよく知っている目だった。絶対に行く。迷いも何もない真っすぐな瞳だ。

「俺はただ、翠を護るため翠についていきます」

銀治は「そうかい」と目を細めて笑った。

「それならば、連れて行こう。いいかい。わしの手をしっかり握って。声は出さないように」

銀治はふたりに両手を差し出した。ふたりは深い皺が何本も入った温かい手を握りしめる。

銀治がそろそろと歩き出した。

店を出ると、夜の都のひんやりとした空気に木蓮は身体を強張らせる。

一歩一歩、ただ銀治の歩みに合わせて歩いた。銀治は弱々しい足取りで、ゆったりと歩いていく。銀治に連れられて歩くと言うよりは、傍《はた》から見るとふたりの若者が老人の手を引いて歩いているようにしか見えなかった。

特に何か変わった様子もない。ただ、歩いているだけのように最初は感じていた。

だが、木蓮はすぐに異変に気付く。他の者たちの動きが遅い。桜の花びらがいつまでも空中を漂っている。それくらい、ゆっくりゆったりと時が進んでいるようだった。

翠も銀治と手を繋いでいないもう片方の手で自分の口を隠し、周囲をきょろきょろ見ている。思わず声を出しそうになったのだろう。

亀の歩みで歩くあやかしたちをすっとすり抜け、あっという間に鬼灯の城の前までやって来た。

城の前には、門番がふたりいた。大きな扉はしっかりと閉じられており、鍵がかかっている。

銀治は木蓮の手を自分の肩に置き、何食わぬ様子で右側にいた鬼の門番の腰元をまさぐる。しかし鬼はぼーっと突っ立っているだけだった。

門番から鍵を取り、それを使って鍵を開けた。丁寧に腰元へ鍵を戻し、再び木蓮の手を握る。翠も木蓮も、門番が動き出すのではないかとひやひやしながら見守った。

門を潜《くぐ》り抜けると、鬼灯がたくさん咲いていた。辺り一面が鬼灯色一色だ。

城内の者の前を堂々と通りながら、そのまま城の奥へ奥へと歩いて行った。誰も三人が忍び込んでいるとは気づいていないらしい。

すれ違うのは皆護衛ばかりで、城の中はひっそりと静かだった。隅々まで磨かれた床や、真っ白い壁。塵ひとつない。

城の頂上からは、都全体を見渡せた。翠と木蓮たちが住んでいる山も見える。

「何をしている」

声がして振り返ると、鬼灯が立っていた。

銀色の長い髪をなびかせ、青い着物を身に纏《まと》っていた。鬼灯だけには銀治の力は効かないようだった。

翠と木蓮は鬼灯と目が合い、驚いて銀治の手を放した。

「誰かと思えば、銀治か」

「お久しぶりでございます、鬼灯様」

「忍び込むとは……いい度胸だな」

翠と木蓮はすぐさまその場で正座し、深々と頭を下げる。

「このふたりは？」

「翠と木蓮と申します。ご無礼をお許しください」

「金魚の姫と、お付きの猫か」

ふっと笑う鬼灯は冷たい目をしていた。木蓮はちらっと鬼灯の表情を盗み見て、再び頭を下げる。

「さて、どうなるかわかっているな」

「それじゃ、わしはこれで失礼するよ」

「え？」

翠と木蓮が慌てて顔を上げると、銀治はすーっと空気に溶けるようにその場から消えて行った。

逃げられた。

「私に何用だ」

木蓮は鬼灯の姿に萎縮《いしゅく》し、うまく声が出せなかった。身をかがめると、視線の先に小瓶が数個転がっているのが見えた。中にほんの少しだけ液体が残っている。桜と同じ桃色だ。

「鬼灯様、私たちは現世へ行きたいのです。どうか、許可をいただけないでしょうか」

なんの小瓶だろう、と一瞬考えるも翠の言葉に我に返る。

鬼灯の力の前に怯《ひる》む木蓮とは違い、翠は顔を上げ鬼灯をじっと見つめて言った。

翠の言葉に、木蓮はさらに身を縮ませる。同じあやかしでも鬼灯は別格だ。木蓮は頭すらなかなか上げられなかった。

「現世だと？　お前たちが？」

鬼灯が甲高い声で笑う。笑い声は城に響き渡った。

「金魚の姫よ。お前が現世へ行けば、人間に取って喰われるぞ」

木蓮は頭を下げたまま、翠の着物を引っ張る。

「いい加減顔を上げぬか、お付きの猫よ」

木蓮は次第に身体が震え出していた。「落ち着け、落ち着け」と心の中で何度も唱える。

顔を上げると、鬼灯の紫色の瞳が見えた。

「現世へ、何をしに行きたいのだ」

鬼灯は百鬼夜行のときにも持っていた金色の扇で優雅に煽《あお》いだ。

「助けたい人間がいるのです」

「助けたい、人間だと？」

鬼灯は重たそうな着物を引きずりながら、一歩翠に歩み寄る。鬼灯の爪は鋭く、白く長い。その爪で翠の顎をくいっと掴み上げ、顔を近づけた。

「まさか、人間に恋などしていないだろうな」

鬼灯は翠を喰らいそうな勢いだった。相手が鬼灯では、命がいくつあっても翠を守り切れない。木蓮は自分と鬼灯との力の差に、ただ立ち尽くすだけだった。

「私には、恋がどんなものなのかわかりません。でも、その人のことをもっと知りたいんです。話してみたいんです」

「知る必要などない。人間は人間だ。人間と恋をするなど、誰も許さない。お前の両親も」

「で、ですが、それは鬼灯様だって……」

翠の言葉に、鬼灯は小さく舌打ちする。

「あの糞じじいか」

鬼灯は銀治を好いていないように見えた。

「世迷言《よまいごと》だ。ついに呆けてしまったか、銀治は」

「では、銀治さんの話は嘘なのですね？」

木蓮はほっとした様子で訊ねた。鬼灯は薄く笑う。木蓮は「当然だ」と言われたような気がした。

この鬼灯が人間に恋したなど、やはり真実ではない。

木蓮は鬼灯の言葉に、妙に納得していた。

「人間など助ける価値もない。どうせ、短い命だ」

捨て置けばいい、と吐き捨てるように鬼灯は言った。

「ですが鬼灯様、私の力を使えば誰だって救えるのです。その人は不治の病にかかっていて、まだ若いのに命が尽きようとしているのです」

「それもまた運命であろう。金魚の姫が助けてやる義理はない」

「でも……」

木蓮は鬼灯と同じ意見だった。

鬼灯様に諭され、諦めろ。そうすればすべて丸く収まるはずだ。

諦めろ、諦めろ、と木蓮は心の中で呪文のように唱えた。

「なぜ会ったこともない人間を助けたいのだ」

「だって、彼は……」

翠が星野晴太に恋をしていたら。翠はこの先長い一生、彼を想い生き続けるのだろうか。

他の誰かと結ばれる日が来ても、翠の心の中には星野晴太だけしか存在できないのだろうか。

考えれば考えるほどに、木蓮の心はかき乱された。

「彼は優しい人間です」

「どうして優しいと確信できる？　会ったこともない、しかも人間なのに」

鬼灯は木蓮と似た質問を翠に投げかけた。

「人間は魚を喰うぞ。それでも優しいと言えるのか？」

「それなら木蓮だって食べますよ」

翠はすぐさま答えた。

「でも、木蓮は優しいです」

木蓮は思わず頭を掻いた。不意に優しいと言われて、少し照れ臭かった。

「彼は……本当に優しい人間なんです。瞳を見ればわかるんです！」

翠の言葉に、木蓮はこぶしが入るほど大きく口を開けて固まった。鬼灯も同じように目を見開いている。そしてすぐに大声で笑い出した。

「金魚の姫、お前は相当変わっているな」

鬼灯は翠をじっと見つめると、何やら怪しく笑って「よし」と頷いた。

「この私にそこまで言うのなら、現世へ行くのを許そう。大した度胸だ」

「……え？」

木蓮の喉から変な音が出る。

今、鬼灯様はなんと言った？　現世へ行くのを許そう？　聞き間違いだ。絶対、聞き間違いに違いない。木蓮はすがるような視線を鬼灯へ送った。

「なんだ？　不満か？」

「いえ……」

鬼灯が翠を止めてくれると思っていたので、木蓮にとっては想定外の展開だった。こんなにもあっさり許されてしまうなんて、微塵《みじん》も想像していない。なぜそんな簡単に許したのか。

「ただし、条件がある」

「なんでしょうか？」

鬼灯は翠の目の前に指を三本立てた。

「三日だ。三日の間に、人間がお前に恋をすれば助けてもいい」

「ほ、鬼灯様！　それはどういうことですか？」

木蓮がすぐに口をはさんだ。

しかし、その紫色の瞳で刺すように睨み付けられ、言葉を詰まらせた。

鬼灯が一体何を考えているのか、木蓮にはさっぱりわからなかった。人間に恋などするなとさっきまで言っていたのに、人間が翠に恋をしたら助けてもいいなんて、矛盾している。

だが、鬼灯に逆らうなど木蓮にはできない。「いえ」と首を振ることしかできなかった。

「そうだな、恋とは目には見えない。故に証明するのは難しい」

鬼灯は爪先でなぞるように翠の頬を撫でた。

「三日以内にその人間から『好きだ』と言われることが条件だ」

微笑を浮かべる鬼灯に、木蓮はなおさら混乱した。

一体どういうことだ。何を考えているのか。

「翠、と言ったな。下で待っていろ。鬼灯の実を渡そう」

翠は自分に課された条件の意味がさっぱりわかっていない様子で、「やったぁ！」と元気よく駆け下りて行った。それを見届けた鬼灯は、木蓮に向き直り息を漏らすようにふっと笑う。

「可愛い姫だ。純粋無垢で、何も知らない」

鬼灯は独り言のように言った。

「お前は護衛として、翠のそばにいてやれ」

「……はい」

鬼灯は木蓮に小さな瓶を手渡した。机の下に転がる小瓶と同じに見えた。中には薄桃色の液体が入っている。

「これは、なんでしょうか」

「恋を忘れる薬だ」

城の頂上から鬼灯は都を見下ろす。そして大きなため息をついた。

「幸い、翠はまだ恋には落ちていないようだ。恋が何かもよくわかっていないらしい」

「……本当に、そうでしょうか」

翠は星野晴太をもっと知りたい、そう願っている。恋に落ちるのも時間の問題のように思えた。

「もし恋に落ちてしまったなら、それを翠に飲ませろ」

木蓮は小瓶を顔に近づけると、瓶越しに匂いを嗅ぐ。何やら砂糖水のような甘い香りがした。

「でもなるべく使うな」

鬼灯は木蓮に釘を刺す。

「人間がどれほどに汚い生き物なのか、それを翠に見せろ」

「それは……一体、どうやって？」

「人間は自分勝手な生き物だ。翠の血があれば、どんな病も治せる。先にそれを教えてやれ。そうすれば、恋に落ちたふりなんてこちらから頼まなくとも、簡単にしてくれるだろう」

鬼灯の言葉に木蓮は一、二歩後ずさった。

「つまり、わざと翠を傷つけるために現世へ行かせるおつもりですか？」

木蓮は内緒話でもするように、声をひそめる。

「そうだ」

できない。翠をわざと傷つけるなんて。翠を護るために、ずっとそばにいたというのに。

「それはできま……」

「恋をしたら一生苦しむ。今、その芽を摘んでおくのが翠のためだ」

木蓮の言葉に被せて鬼灯は言った。

「お前、翠に恋しているな」

身体が熱い。燃えるようだ。木蓮は自分の鼓動が速くなるのを感じた。

俺が翠に恋をしている？　そんな、馬鹿な。確かに翠は大切に思っている。でもそれは、俺が翠の護衛だからだ。翠を護りたいから大切に思っているだけだ。

木蓮は大きく息を吸い込んで、ゆっくりと吐き出した。今は自分が恋について考えるべきときではないと思いなおす。

「お前が翠を現世へ連れて行きたくないという気持ちはわかる。人間は危険だ。それに、翠のような特殊な力を悪用されたらと思うと心配なのだろう。でも、この先長い時間ずっと恋に苦しむ翠を見るのも、辛いぞ」

鬼灯は、木蓮の考えや思いも何もかも見通しているようだった。

「……そのために、人間と組めとおっしゃるのですね」

「組むかどうかは、お前の判断に任せよう。さぁ、お前も下で待て」

木蓮は鬼灯に急《せ》かされるまま部屋を出る。廊下ですれ違う鬼たちが木蓮を食い入るように見つめていた。鬼の身体は人に化けた木蓮の二回りも大きく、皆鋼のような筋肉に覆われていた。

鬼灯様も恐ろしいが、城の鬼たちも今の俺では太刀打ちできない。

木蓮は息を切らしながら外へ出た。

翠は庭の鬼灯の実を揺らしながら、木蓮を待っていた。

「遅いよ。何を話してたの？」

「翠の護衛を頼まれただけだ」

翠に嘘をつくと、胸のあたりがぎゅっと締め付けられるように痛んだ。

「木蓮はドキドキしてる？　現世へ行けるんだよ」

興奮気味の翠に、木蓮は複雑な心持ちだった。これから翠は悲しい思いをする。翠のためだとわかっていても、木蓮には何が正しいのかよくわからなかった。

「翠、木蓮」

鬼灯の声が聞こえた。声の方を見ると、鬼灯が池の前で手招きしている。さっきまで城の頂上にいたのにいつの間に、と木蓮は驚いた。

「お前たちに、鬼灯の実を渡そう。この実は行きたい場所へ行き、帰りたい場所へ帰るための道しるべになる。失くさないように」

鬼灯は翠と木蓮ひとりずつに、鬼灯の実を渡した。

「それから、木蓮」

鬼灯は「なんですか？」と首を傾ける木蓮にふーっと息を吹きかけた。木蓮は白い煙に包まれる。

「な、なんですかこれは！」

煙は一瞬で消え、現れたのは三毛猫姿の木蓮だった。

「木蓮には、この姿で現世へ行ってもらおう」

「なんですって？」

木蓮は自分の小さな体をあちこち触りながら悲鳴を上げた。

「これでは、護衛になりませんよ！」

「非常事態に限り、好きな姿に変化できる。だが、普段はこの姿でいるのだ」

翠はひょいと木蓮を抱き上げた。木蓮はどこからどう見ても白黒と茶色の三毛猫だ。

「可愛い」

翠に頭を撫でられると、自分の意思ではないのにゴロゴロと喉が鳴る。木蓮は猫のあやかしではあるが、本来の姿は人間が知る通常の猫の大きさではない。馬ほどの大きさの猫だ。ここまで小さな猫の姿になるのは、木蓮にとってネズミに化けるのと同じくらいの恥だった。

「年頃の娘のそばに男が付きっきりでは、恋などいつまでたっても始まらないだろう」

鬼灯はさも面白そうに笑う。

「翠も、その格好では現世で浮いてしまう」

鬼灯が翠の着物を手で持ち、息を吹きかけると着物が赤い衣へ変わった。翠は見慣れない格好に、水鏡に自分の姿を映して眺める。

「現世はここと全然違う。目立たないようにするためには、周囲に溶け込む必要がある。くれぐれも気を付けろ」

鬼灯が鋭い爪先を翠の額に当て、砂埃でも払うように息を吹いた。翠の鱗が消え、柔らかく白い肌へと変わっていく。

「あとはこれだな。万が一、木蓮が人の姿に化ける必要がある場合は、木蓮もその恰好では現世では目立ちすぎてしまう。この衣を持っていけ。現世で使える銭も入っている」

「ありがとうございます」

ふたりは鬼灯に礼を言い、猫の姿の木蓮ではなく、翠が代わりにその風呂敷包みを受け取った。

鬼灯は翠と木蓮に「気を付けろ」と念を押した。

翠も木蓮も頷き、水鏡の前に立つ。

「助けたい人間の姿を思い浮かべろ」

翠は目を閉じて、鬼灯の実を握りしめるとそっと「星野晴太」とつぶやいた。

翠の声にゆらゆらと水面が揺れる。水の底から浮かんでくるように、星野晴太の顔が映し出される。覇気のない顔をしている。木蓮には命の灯《ともしび》はそう長くないように見えた。

「よいな。期限は三日だ」

翠は「はい」と答え水の中に飛び込んだ。木蓮は水を前にして一瞬躊躇《ちゅうちょ》したが、瞼を強く閉じて翠の後に続いた。

水鏡に飛び込むと木蓮は吐きそうになった。この感覚、一生好きになれる気がしないと憂鬱になる。

「……あっ！」

先に飛び込んだ翠が、何かに必死で手を伸ばしている。キラキラと星屑のような煌めきがゆらりと木蓮の目の前に流れて来た。慌てて首を伸ばし、煌めきを口に挟む。かんざしだった。木蓮はかんざしをしっかりと銜《くわ》えた。

水の中は渦のようにとぐろを巻いていて、ぐんぐん引き寄せられる。泳ぐのも得意ではない木蓮は、水に足を引っ張られるように沈んでいった。

暑い。焼けるように暑い。息苦しい。

木蓮が薄っすらと目を開けると強い光が差し込んできた。慌てて飛び起きると、隣には翠が横たわっている。

「翠、大丈夫か」

揺さぶり起こそうとして、自分の手を見てはっとなる。

そうだ。猫の姿になってしまったのだ。

木蓮は周囲を見渡す。虫の鳴き声と子どもの声が煩《うるさ》い。ちょうど木蓮と翠は人目につかないような草むらに倒れていた。足元を見ると、割れた鏡が落ちている。どうやらふたりはこれを通ってやって来たようだ。木蓮のすぐ横にかんざしも転がっている。

「早く起きろ」

かんざしを口で拾い、籠った声で翠を呼ぶ。

ここは、人間の子どもたちが遊ぶ場所のようだった。玉を蹴ったり投げたり、走り回ったりする子どもたちの姿があちこちに見える。

だがしかし、肝心の星野晴太は見当たらない。

「ここが……現世？」

翠は瞼を強く擦りながら身体を起こした。

「木蓮、可愛いね。猫の姿は似合うよ」

「冗談を言っている場合じゃない。これからどうするんだ」

翠はよいしょと立ち上がり、衣の汚れを手で払い落とした。

「せっかく鬼灯様にもらったのに、汚れちゃった」

「洗えば落ちるだろう」

前かがみになりながら、裾の汚れを強く手で叩く。

「かんざし、拾ってくれたのね」

翠は木蓮の口に視線を移し、ほっとしたのか頬が緩んだ。

「ああ。きっと持ち主が探している。また落とすといけないから、ここにしまっておこう」

そう言って、鬼灯にもらった風呂敷包みの中に滑り込ませる。

「それよりも、肝心の星野晴太はどこだ？」

鬼灯には三日以内と言われた期限だが、木蓮は今すぐにでも隠世へ帰りたい気分だった。こんな場所には長くいられない。あちこち人間だらけだ。地獄とはまさに、この世界を言うのだろう。

隠世は常に桜が満開で春の陽気だ。だが今現世は真夏だった。翠も木蓮も夏というものを経験したことがない。現世では春夏秋冬と季節が移り変わるものだと聞いていたが、こんなにも暑い季節があるなんて、翠も木蓮も想像していなかった。

「暑いよ……水がほしい」

翠が小さな声でつぶやいた。

「水ならどこかにあるはずだ。探そう」

人間の姿ならすぐに翠を抱えて、水場まで走れるのに。非常事態に限り好きに変化してもいいと言われたが、今はまだ非常事態というほどではなさそうだ。だが、急いだ方がいい。

木蓮は翠とともに草むらから出た。周りには人間しかいない。木蓮は人間が目の前を横切る度心臓が止まりそうになった。でも誰も、翠と木蓮を気に留める様子はない。

「大丈夫そうだ。誰も俺たちがあやかしだと気づいていない」

木蓮は安心して、翠に一声かけた。だが一歩前に出たとたん、木蓮は飛び上がった。

「熱いっ！」

翠は木蓮の叫び声に身体を大きく震わせ、飛び跳ねた木蓮を腕に抱きかかえた。

「ど、どうしたの？」

「道が熱いんだっ」

木蓮は翠の腕の中で文句を言うと、たまたま横切っていく人間の男の子と目が合う。男の子はじっと木蓮を見て、そばにいる母親に何やら囁いていた。木蓮はまさか、と口を噤んだ。

「大丈夫？　火傷《やけど》した？」

心配そうに翠が木蓮の顔を覗き込む。

「……猫が話したら、変なんだ」

「え？」

木蓮は小さな声でこっそり翠に言った。

「普通、ただの猫は話さない。俺が言葉を話したら、あやかしだと気づかれてしまう」

「なるほど……」

なぜか翠も木蓮につられて小声で納得した。

「いいか、絶対に俺たちがあやかしだということは秘密だ。誰にでも、だ」

うんうん、と翠は何度も頭を縦に振った。

肉球が熱い。太陽の光を吸収して道が熱いなんて。現世はとんでもない場所だ。

木蓮はふぅふぅと自分の手足に息を吹きかけて冷ました。

「私が運ぶよ。どっちへ行けばいい？」

翠は木蓮を抱き締めたまま、右か左か訊ねた。

「右だ。水のにおいがする」

微かにだが、水の音も聞こえた。

大きな木が道のずっと先まで並んでいて、ほどよく日陰ができていた。太陽の鋭い日差しも木々の葉や枝で遮られて届かない。

翠は瞳を輝かせ、鼻息も荒く歩いていた。腕に抱かれていると、翠の鼻の穴が大きく見える。見てはいけないものを見てしまったようで、木蓮は静かに目を逸《そ》らした。

「あ！　水だ！」

少し歩いた先には、大きな広場があり真ん中には噴水があった。人間の子どもたちは水の中ではしゃぎまわり、服を濡らし気持ちよさそうに遊んでいる。

水を見つけた翠は、木蓮を抱きかかえたまま噴水へと突進する。

「ちょっ、俺を置いて行け！」

噴水の水が上がると太陽の光で虹がかかる。翠は履物を脱ぎ捨て、叫ぶ木蓮を抱えたまま噴水の中へ入った。

翠は飛んだり跳ねたり、人間の子どもと同じように喜んでいた。あっという間に翠も木蓮も水浸しになる。

木蓮はなんとか翠の腕からすり抜けて、噴水から逃げ出した。ぶるぶるっと水をあちこちに飛ばす。

水に濡れた後は、なんだか惨めな気分になった。全身に毛がくっついて気持ち悪い。だから水は嫌いだ。

念入りに毛づくろいをしながら、声には出さずに心の中でぶつぶつ文句を言った。

翠は複数人の子どもたちと一緒になって、追いかけっこをしている。もう、人間にも慣れてしまったのか。

　木蓮は毛づくろいをやめ、翠を見つめた。

　いつもそうだった。翠は誰とでもあっという間に仲良くなってしまう。木蓮はどちらかというと内気で誰かと仲良くなるにも時間がかかった。でも翠は違う。いつも簡単に相手との距離を縮めてしまう。だから、いつか木蓮の手の届かないような遠くへ行ってしまいそうで、怖かった。

　翠ほどの年の人間は、誰も噴水には入っていなかった。遊んでいるのは皆、ようやく歩けるようになった頃の子どもばかりだ。翠も子どもたちと同じで、恐怖を知らぬ無邪気な表情だった。

　噴水の周りには大人たちがいる。遠くから我が子を見守っているのだろう。木蓮も同じように遠目に翠を見守った。木陰に身を潜め、ぶるりと身体を震わせる。この暑さならすぐに乾きそうだ。

「涼しそうですね」

　日差しを避けるようにやって来た男は、車椅子に乗せられて、翠たちが遊ぶ噴水を眺めて言った。その表情はどこか悲し気だ。

「そうですね。でも、そろそろ帰りましょう。暑いですから」

車椅子を押す女が男にそう言って、くるりと木蓮の方に向いた。

「僕も水浴びがしたいな」

弱々しい声で男は言うが、女は「できますよ、きっとすぐにでも」と明るい声色で返事をした。

木蓮はその男女を見つめた。

男の方は、どこかで見た顔だ。

木蓮は男の顔をじっと見た。覇気のない顔。青白く瞳は虚ろだ。

星野晴太だ……！

木蓮は慌てて噴水の中に飛び込み、翠に飛びついた。

「翠！　いたぞ！」

耳元で叫ぶ。

「誰が？」

「星野晴太だよ！」

翠は身体を強張らせ立ち止まり、噴水の中から辺りを見回す。

「どこ？　どこにいるの？」

「あっちだ」

木蓮が指差すと、翠は裸足《はだし》のまま星野晴太のもとへと駆けていく。木蓮は翠の肩に必死でしがみついた。

「晴太！」

晴太と一緒にいる女が目を見開いて翠と木蓮を見た。

「えっと……どこかで会ったかな？」

晴太は額を指で掻きながら、困ったような表情を浮かべる。でも翠はそんなことには動じなかった。

翠は全身ずぶ濡れで裸足。面識もないのに名前を呼んでいる。晴太が困惑するのも当然だろう、と木蓮は思った。

「私、晴太が好き！」

「……え？」

晴太も一緒にいる女も木蓮も、三人ともそのまま固まった。

まさかこんなにも唐突に想いを伝えるなんて。木蓮は微塵も想像していなかったので、見知らぬ者に顔面を一発殴られたかのような衝撃を食らう。

晴太はずっと困り顔のまま「ごめんね」とすぐにその場で断った。翠はわかりやすく凹み、そのままとぼとぼと晴太に背を向け歩いて行く。

「おい、ちょっと」

木蓮が耳元で囁く。

「ごめんって……言われちゃったよ」

いや当然だろ、と勢いよく言いそうになって、木蓮は言葉をぐっと飲み込んだ。

「どうするんだ、これから」

「わからない」

振り返ってみると、晴太と女はまだ翠と木蓮を見ていた。

「三日で好きになってもらうなんて、初めから無理だったのね」

珍しく後ろ向きな翠の姿に木蓮は戸惑った。木蓮自身は、翠の想いが伝わらなかったことに少し安堵していた。でも翠は悲しんでいる。

「そんなに落ち込むな。まだ知り合ってもいないだろう」

翠は瞳に涙をためていた。今にもこぼれ落ちそうだ。

「泣くな。きょうはまだ一日目だ」

木蓮は翠の涙をそっと猫の手で拭う。翠の涙はぽろぽろと転がり、真珠に変わる。翠は滅多に泣かないので木蓮は慌てた。

「そんなに泣いたら、首飾りを作ることになるぞ」

木蓮は翠に笑顔になってほしくて言ったが、逆効果だった。また真珠の粒が落ちる。木蓮は必死に翠の涙をかき集めた。

「翠は星野晴太を助けたいのか?」

翠は脱ぎ捨てた履物を拾い、そのまま手にもって噴水の隅に座り込んだ。

相当落ち込んでいるようだった。

「星野晴太はまだ翠を知らない。知ってもらえたら、何か変わる可能性はある」

自分で言っておきながら、なぜ恋の手助けをしているのかと呆れる。

「想いって、そんなに簡単に伝わらないものだと俺は思う。だからさっきは突然すぎたのだろう」

人間との恋なんて、木蓮には認められなかった。でもこのまま隠世へ戻ったら、翠はますます晴太への想いを募らせていくだろう。助けられなかったらなおさらだ。鬼灯に言われたように、翠には人間が危険な生き物であると知ってもらわなければいけない。

どうする、考えろ。

木蓮は自分自身に問いかけた。

「翠はここにいろ。絶対にここから離れるな」

「……わかった」

翠をひとりにしておくのは心配だが、このまま晴太を見失うわけにはいかない。木蓮は晴太のもとへと走った。

ふたりの姿はもう遠くにある。女は晴太の車椅子を押し歩いていた。慌てて追いかけ、様子を窺《うかが》う。あまり近づきすぎると怪しまれるかもしれない、と木蓮は少し距離を取りながら後をつけた。しかし、意外にも追跡はすぐに終わる。

子どもたちの遊び場から目と鼻の先に、晴太が住んでいる建物はあった。一階がどうやら晴太の家らしい。晴太と女がふたりで家に入ったかと思えば、女の方だけがすぐに出て来る。

「星野さん、また来週伺いますね。何かあればいつでも連絡してください」

扉の向こう側へ声をかけている。どうやら女は、ここの住人ではないらしい。

「よろしくお願いします」

晴太の声が中からした。

女が扉を閉める前にするりと忍び込み、息を凝らして家の中へ侵入した。晴太はひんやり冷えた家の中で、ぼんやりと窓の外を眺めていた。

「お前が、星野晴太だな」

木蓮は晴太の背後から忍び寄り、躊躇《ためら》わず声をかけた。

「……え?」

晴太は木蓮を見下ろして、きょとんとした顔を見せた。

「猫……ちゃん?」

「猫ちゃんじゃない。俺は木蓮だ」

人間にとってしゃべる猫とは恐怖の対象らしい。晴太はそのまま声を失い、大きく目を見開いたまま固まってしまった。

「おい、驚いている場合じゃない」

木蓮はひょいと晴太の膝の上に飛び乗り、思いっきり爪を立てる。

「ね、ねねね、猫がしゃべった！」

「俺はただの猫じゃない」

そこから説明しなければならないなんて、なんて面倒なんだ。

木蓮はやれやれとため息をついて、鬼灯にかけられた変化を一瞬だけ解いた。ぼわん、と部屋中に煙が立ち込める。

「何？　火事⁉」

轟々《ごうごう》という唸り声に晴太は小刻みに身体を震わせていた。小さな部屋の中に煙が充満する。

煙の中から出て来た猫は、人が軽々持ち上げられるような大きさではなかった。部屋いっぱいに自分の身体を押し込めて、白黒茶色のまだら模様の毛を逆立たせている。尾は二本生えており、ゆらゆらと揺れていた。

これが木蓮の本当の姿だ。日頃は人間の姿をしているが、たまには本当の姿になるのも気持ちがいい、と一瞬だけ快楽に浸る。

晴太は完全に言葉を失くしていた。ぽかんと口を開けたまま茫然としている。

木蓮は晴太の様子を見て満足すると、ぽんっとまた小さな猫の姿に戻った。

「どうだ。これでわかっただろ」

「ただの猫じゃないってことは……よくわかったよ」

晴太は何度も瞬きをして、木蓮を見ながら言った。

「……すごい迫力だったよ。初めてあんなの見た」

晴太は目を輝かせている。

「あんなのとはなんだ」

木蓮は悪態をつく。

「翠はもっとすごいあやかしだ」

「翠？　それは誰？」

「さっき、晴太に声をかけただろう」

「さっきって、突然告白してきたあの子？　あの子も妖怪なの？」

晴太は訊ねる。

「金魚のあやかしだ」

金魚、と聞いて晴太はまた目を大きく開かせた。

「足が悪いのか？」

川で出会った老婦人は、晴太は不治の病にかかっていると言っていた。その病のせいで足が悪いのだろうか。

　晴太の足は氷を切り取ったように透明で、まるで水晶のようだった。

「どうした、この足は」

「わからないんだって。原因不明」

　晴太は困ったように眉を歪め、微かに笑った。

「最初は指先だけだった。それが今は両足の踝まである。どんどん広がっているんだ」

　晴太はそれだけしか説明しなかったが、木蓮にはその後が予測できた。

　この病はどんどん進行していき、いずれ身体は動かなくなりやがて心臓も止まる。この病は人間には治せない不治の病なのだろう。だが、翠の血があれば治せる。どんな病も治せてしまうのだ。おそらく翠の血の存在を知れば喰い付いて来るだろう。

　木蓮はどこから話そうかと考えた。

「それで……君はどうしてここへ来たの？」

「君じゃない。俺は木蓮。さっき会ったのは翠だ」

　もう一度名を繰り返すと晴太も「僕、星野晴太です」とあいさつをした。

「お前の名前は知っている」

「……なんで？　そう言えば、彼女も知ってたよね」

「晴太の祖母に会った」

祖母という言葉を耳にして、晴太は真剣な顔つきになる。

「ばあちゃんに？　どこで？」

「強《し》いて言うなら、黄泉だな」

晴太は「確かに、ばあちゃんはついこの間亡くなったばっかりだけど」と声を落として言った。

「晴太の祖母は、亡くなってもお前を心配していた」

部屋は綺麗に整頓されていた。箪笥の上に写真がいくつか並べてある。その中に川で会った老婦人の顔があった。

晴太は木蓮の言葉に俯く。

「俺たちは、晴太を助けるために隠世から来た」

木蓮の言葉に晴太が大きく顔を上げる。木蓮と目が合った。

「かくりよって？」

晴太が訊ねる。

「隠世は、あやかしだけが住む世界だ」

「初めて聞いたよ。どんなところ？」

「そんなことはどうでもいい。お前と世間話をしに来たわけじゃないんだ」

木蓮はぶっきらぼうに答えた。

「さっきも見た通り、俺たちには人間にはない特別な力がある。特に、翠には」

「金魚の……あやかしに？」

晴太はふっと笑った。信じられない、というような表情を浮かべている。

「信じないというのなら、俺はそれで別に構わない。人間なんて助ける価値もない」

木蓮はくるりと背を向け扉に向かう。晴太は慌てて謝った。

「ごめんごめん。ちょっと話についていけなくて。だからと言って、君……木蓮を信じてないわけじゃないんだ」

「翠の血には、どんな怪我や病も治せる力がある。お前のその不治の病も翠の血一雫あれば治る。どうだ？　治らないと言われていた病が治るんだ。興味出てきただろ？」

にたりと振り返り笑う木蓮の尻尾が、ゆらゆらと揺れた。

間違いなく話に食いついて来る。人間とはそういうものだ。

そう確信していた木蓮だったが、晴太の表情は少しずつ暗くなっていった。予想とは違った反応だった。

「でも、本当に治るんだろうか……」

「治るに決まっている。翠の力だぞ」

そう強く言ってみても、晴太はぼんやりとした表情だった。

木蓮には晴太がすべての希望を失っているように見えた。一筋の光さえ、晴太の暗く濁った瞳には届きそうにない。

「だけど、血をもらってどうするの？　足に垂らすの？」

「いや、血を飲むんだ」

「飲むの？」

へぇ、と晴太は実感が湧いていないような返事をする。

晴太はカンカン照りの外へまた視線を向けた。虚ろな目で道行く人を眺めている。

「翠はなぜ、僕なんかを助けたいんだろうか」

「……なぜ、そんな質問を？」

「だって、僕は翠と会ったことがない。僕の祖母に会ったからと言って助ける義理はないでしょ？」

翠がどんな想いでここへ来たか、鬼灯様に頼み込むためにどれほど一生懸命だったかを考えると、木蓮は晴太の今の発言に腹が立った。ぶつん、と頭の中で何かが千切れる音がしたほどに。同時に、翠にそこまで慕ってもらえる晴太が酷く羨ましかった。

「翠はな、お前に会うために命がけでここまで来たんだ。どんな想いでお前の前に現れたのか、少しは想像力を働かせろ」

「だけど、僕なんかに命をかけるほどの価値はないよ」

「あるんだよ、翠には！」

どこまでも後ろ向きな晴太の発言に苛立《いらだ》った木蓮は、つい怒鳴ってしまった。晴太は黙って木蓮をただただ見つめる。

「翠は……晴太が好きなんだ」

声に出して言うと、胸のあたりがぎゅうっと痛くなった。木蓮は痛みを紛らわすように顔を毛づくろいする。

「……どうして僕なんかを」

晴太は首を傾げながら、大きなびいどろの中で泳ぐ赤い出目金に視線を移した。

「隠世と現世は鏡や水、姿を映すものと繋がっている。翠はいつも水鏡を覗いて、この世界を見ていた」

晴太は何かを言おうとして口を開けた。木蓮は、また晴太があであでもないこうでもないと後ろ向きな言葉を並べるか、と一瞬身構える。だが晴太はそのまま口を閉じた。

「お前はただ、翠に恋をしたふりをすればいい」

「……ふり？」

「俺たちは確かに晴太を助けに来た。でも、そう簡単に助けるわけにはいかない。晴太を助けるためには、きょうから三日の間に晴太が、翠に恋をしなければならない」

晴太は思いもしなかったのか、木蓮が言った条件に笑い出す。

「え、僕が彼女に恋をすることが条件なの？」

「俺が決めたことじゃない。上からの条件だ。三日以内に晴太が翠に『好きだ』と言えば、晴太を助けてもいいと言われている」

翠はまだ恋に落ちているわけではない、と鬼灯は言っていた。でも、翠は晴太が好きだから助けたいと願っている。それはもう、恋をしていると同じことではないだろうか。

「いいか、お前は絶対に翠に恋はするな」

木蓮は強く釘を刺した。

「どうして？」

「どうしても、だ」

まだ恋ではないとしたら、晴太が翠を好きにさえならなければ、翠の気持ちは冷めていくかもしれない。好きが恋の通過点だとすれば、翠の気持ちを止められるかもしれない。でも、晴太本人も恋に落ちてしまったら？　人間との恋なんて許されない。でも、翠にとっては幸せな結末なのではないか？

余計なことを次々に考えてしまい、木蓮は大きく首を横に振って頭の中を空にした。

「申し訳ないけど、さっきも断った通り僕が彼女に恋をすることはないよ」

「本当か？」

うん、と晴太は大きく頷いた。晴太は金魚がいるびいどろの隣の写真を見つめていた。木蓮は自然とその視線を追う。

晴太と女が一緒に写っている。ふたりとも嬉しそうな、楽しそうな幸せに満ち溢れた一枚だった。木蓮はあえて何も訊ねなかった。なんとなく、そこに写る人間が晴太にとって大切な人であることが伝わってきたからだ。

「恋したふりをするなんて、彼女に失礼じゃない？　木蓮だって、彼女を傷つけることはしたくないでしょ？」

木蓮にとって答える必要はないほど、至極当然な質問だった。翠を傷つけることは絶対にしたくない。いや、あってはならない。だが、翠のためを思うなら。ここは傷つけてでも守ることになる。

木蓮は自分の都合を、無理やり護衛としての務めと置き換えた。

「翠は現世の世界に憧れている。でも翠にとって現世は、隠世よりも危険だらけだ。現世を、できれば人間を嫌いになってもらいたい」

「……つまり僕に悪役になれ、と？」

「悪くない話だろう。お前は病気が治るんだ。俺も翠をこの世界から守ることができる」

「だけど……」

木蓮がいくら畳みかけても、晴太はまだ悩んでいる様子だった。

晴太は木蓮が想像していた人間とはかけ離れていた。人間はもっと自分勝手で、翠の血が手に入れば命が助かると聞けば、目の色を変えて話に飛びつくと思っていた。

それとも、これは晴太の策略だろうか。言葉では何とでも言える。乗り気でないふりをして、心の中では両手を挙げて喜んでいるのかもしれない。

木蓮は疑いの目で注意深く晴太を見ていた。

「わかった」

晴太はそれ以上何も言わなかった。ただ、わかったと二度繰り返して自分自身を納得させるように頷いた。

木蓮はそのまま翠のもとまで走って戻った。地面は太陽の熱を吸収して熱いが、走ればまだ耐えられる。風は生ぬるく、爽やかではなかった。ねっとりまとわりつくような風だ。外は暑い。木蓮は空を見上げた。大きな雲が木蓮を見下ろしている。こんなにも大きな雲を、木蓮は今まで一度も見たことがなかった。大きくてふわふわしている。

翠は木蓮に言われた通り、噴水でじっと大人しく座っていた。裸足のまま履物を両手に持っている。先ほどから少しも変わっていなかった。

「気分はどうだ？」

「いいとは言えないかな」

そう言って、俯いたまま地面の小石を足先で転がす。

このまま翠を晴太のもとへ連れて行ったら。

木蓮は考えた。

晴太は翠に恋をしたふりをする。だが、所詮はふりだ。ふりだとわかれば当然、翠は傷つくことになる。それに、翠が晴太と共に時間を過ごすことを考えただけで、木蓮は嫉妬でおかしくなりそうだった。だったら、このまま隠世へ帰ってしまったらどうだろう。晴太はこのまま天命に従う。翠はこれまで通り隠世で暮らす。それが一番ではないだろうか。

「このまま帰ろうか」

俯いた翠の横顔に訊ねる。翠は何も言わず、ただ首を横に振った。

「帰らないなら、どうするつもりだ？」

木蓮はあえて翠にこれからの計画を訊ねた。

いつも無鉄砲なところがあるから、おそらく何も計画なんてないのだろう。正直な気持ちひとつでなんでもうまくいくと思っているはずだ。木蓮は翠をよく知っていた。

「晴太を助けたい。私を好きになってくれなくても」

翠の心はもう、恋に落ちてしまったのではないだろうか。

木蓮の鼓動が速くなる。すでに手遅れだったらどうしよう、と考えれば考えるほど憂鬱になっていく。

「鬼灯様との約束だと、三日以内に晴太が翠に恋をしなければ助けられないだろう」

約束なんて、破ったところで鬼灯様にはわからないのではないか。翠には今すぐにでも晴太を助けてもらって、さっさと隠世へ帰ろうか。

木蓮はあれこれ考えてから大きく息を吸って、ゆっくりと吐き出した。

「晴太と仲良くなりたかった。話もしてみたかった」

「また話しかけたらいいじゃないか。今度はもっと普通に」

「……この気持ちが、恋なのかな?」

翠の質問に、木蓮はしばらく固まった。

質問のはずなのに、晴太に恋をしたと告げられたような気分だった。

「恋って、なんだと思う? 私にはよくわからない」

「そんなもの、俺にだってわからない」

そうだよね、と翠はまた俯いた。

木蓮は鬼灯に言われた言葉を思い出した。

俺が本当に、翠に恋をしているとしたら……。とてもこの胸の内を告げられない。今感じているもどかしさも晴太に対する嫉妬心も、すべて恋だなんて説明できない。それを言ってしまったら、翠を永遠に失うかもしれない。それならば、今のままでいい。今のままがいい。

「本で読んだことはある。恋は特別な感情だって」

「特別って、どんなふうに?」

首を傾げる翠に、木蓮は答えられなかった。

あやかしたちは恋について話さない。一生に一度だけの恋と言われるだけあって、木蓮にはあやかしの誰もが恋に慎重になっているように思えた。本来あやかしは、恋とは無縁の生き物なのかもしれない。

鬼灯様は、恋をすると一生苦しむと言っていた。恋は叶うとは限らないから、しない方がいいのだろう。そうすれば苦しまずに済む。翠を苦しめるものは、できるだけ遠ざけたい。俺は翠を傷つけるすべてのものから護ることが務めなのだから。

「ねぇ、」

ふと誰かに呼びかけられ、振り返る。晴太がひとり、車椅子に乗って翠の肩をとんと叩いていた。

「晴太！」

「さっきはその……突然のことでびっくりしちゃって、ごめんね」

翠はううんと首を振る。

「僕、星野晴太。君は？」

「翠」

晴太は翠に手を差し出した。木蓮は尻尾の毛を逆立ててうぅーと唸り声を上げる。

「握手しようと思っただけだよ」

「この子は、木蓮」

翠は木蓮を抱き上げて、晴太の手のひらに木蓮のふわふわの手をのせた。木蓮は「やめろ！」と言わんばかりに暴れ出し、体をくねらせて翠の腕から逃げた。

「もしよければ、僕の家に遊びに来ない？　ご飯も食べて行ってよ」

「……ほんと？」

さっきまで暗くどんよりとしていた表情が、一気に明るくなった。その笑顔が晴太に向けられたものだと思えば思うほど、木蓮の心は深く落ち込んでいった。

木蓮はやれやれ、と大きなため息をつく。翠は単純すぎる。誰にでもひょっこりついて行ってしまいそうだ。初対面なのに「遊びに来ない？」「ご飯も食べて行かない？」と誘われて、そうやすやすとついて行くものだろうか。なぜそんなに優しくしてくれるのか、まずは疑うべきだ。本当に手のかかるお姫様だ。

木蓮は晴太の肩に飛び乗って、翠に気づかれぬよう耳打ちする。

「俺たちがあやかしだってことは、秘密にすると約束している。俺は猫のふりをする」

晴太は難しそうな表情を一瞬浮かべてから、小さく頷いた。

太陽が少しずつ地平線へと近づいている。空が少し赤く染まって来た。

翠と木蓮が初めて見る現世での夕日だった。たくさんの人間が行き交い、機械音がうるさく響く。大きな建物が犇《ひし》めき合い、見上げた空は狭い。隠世が現世を真似ているとはとても思えなかった。隠世とは全く違う知らない世界がただずっと続いていた。

「晴太は歩けないの？」

車椅子を手で器用に押して歩く姿を見て、翠が訊ねる。

「そう。少し前までは歩けたんだけど、今は車椅子がないとどこへも行けないんだ」

「車椅子？」

これがそうだよ、と晴太は車椅子を指差した。

「私にも手伝える？」

「じゃあ、お願いしようかな」

晴太は翠に、車椅子を後ろから押せばいいと簡単に説明した。

「ごめんなさい、辛いことを聞いてしまって」

晴太は「いや、いいんだ」と笑って答えた。

「突然の病気で原因もわからない。足が動かなくなってしまって、これがいつか全身に広がるんだ」

さっき木蓮が見せてもらったのと同じように、晴太は翠にも自分の足を見せた。

「すごい……綺麗」

「綺麗、かぁ。初めて言われた」

へへへ、と照れ笑いをする晴太に木蓮はなぜだか腹が立った。

今まで感じたことのないドロドロとした感情が、心の奥底から湧き上がって来る。翠と晴太が話す度に心がかき乱された。すぐに邪魔をしたくなる。

晴太の足は、太陽の光を受けると光り輝いた。夕日の赤色が透けている。

「痛い？」

「いや、痛みはないよ」

翠はいったん車椅子を止めると、晴太の足に優しく手を触れた。

「堅いのね。石みたい」

木蓮はゆらゆらと尻尾を動かしながら、ただじぃっとふたりのやり取りを見つめていた。

先ほど知り合ったばかりの者の家に上がるなんて、不謹慎だ。それなのにこれっぽっちも翠は晴太を疑っていない。それが、木蓮にとって恐ろしかった。絶対に、現世にいる間は翠からひとときも目を離してはいけない。そう思った。

「さ、どうぞ」

家に着き、晴太が戸を開けて翠を手招きした。翠は履物を脱いで丁寧に端に寄せる。

この世界の家は、翠と木蓮が知る家の内装とは大きく違っていた。外の様子と同じだ。

「すごい！　素敵なお家」

翠がぺたぺたと床を踏む。

「あ、金魚！」

翠は金魚鉢に近寄る。目尻を下げて、中で泳いでいる金魚をじぃっと見つめた。

「不思議な形のびいどろね」

「びいどろ？　ああ、水槽のこと？」

「水槽っていうの、これ？」

正方形の水槽を翠がべたべたと触ると、金魚が近づいて来た。

「その金魚は、去年の夏祭りで釣ったんだ」

翠は金魚に向かって頷き「そう、晴太は毎日この子に話しかけているのね」と笑った。

翠の言葉に木蓮はにゃ、と短い声で鳴く。

「あ、いやその……そうかなぁって思って」

翠は嘘が下手だ。それは木蓮もよく知っている。正体を秘密にしろと約束させたが、約束させなければすぐに話してしまいそうだ。

「魚が好き？」

晴太は話をあえてはぐらかすように訊ねた。

「うん、大好き」

「じゃあ、もしよければ水族館に行ってみない？」

「水族館って何？」

「水族館はね、海の生き物がたくさんいるところだよ。魚はもちろん、イルカとかも」

「すごい！　行きたい行きたい！」

晴太は小さな子どもをあやすような口ぶりで翠を誘った。

木蓮はただただ翠が心配でたまらなかった。

翠はこれが芝居だとわかったら俺は一生、いや永遠に恨まれるだろう。二度とそばに寄ることも叶わないかもしれない。だが、人間は危険だ。翠を人間から遠ざけるためにも、翠を守るためにも多少手荒な方法だが、やるしかない。これが一番いい方法なんだ。

木蓮は今、心に決めた。

もし。もし万が一、翠が晴太に本当に恋をしてしまったら、鬼灯様にもらったアレがある。

木蓮は鬼灯から手渡された小瓶を頭の中に思い浮かべていた。


「今晩はカレーライスだよ」

晴太ひとりでは全員分の食事を準備するのは難しく、翠が率先して手伝った。白い湯気がふわふわと漂う。木蓮は今まで嗅いだことのない不思議な香りが気になった。

ヒゲがピリピリする。刺激臭で鼻が痛い。

「晴太ひとりだと、いろいろ大変じゃない？」

「そうだね」

晴太は料理を皿に盛りながら難しそうな顔をした。

「だけど、毎日ヘルパーさんが手伝いに来てくれるから、割と楽かな」

「ヘルパーさん？」

「僕みたいに、助けが必要な人の世話をしてくれるんだ」

そうじゃなきゃ、僕はひとりでは生きていけないよ、と申し訳なさそうに眉尻を下げる。

「どうして病気になったとか、そういうことも全くわからないの？」

「全くわからない。いろんな病院に行って検査して薬も試してみたけど、ちっともわからなかったし、悪くなる一方だよ」

「そう……」

翠は今すぐにでも自分の指先を切って、血を落としそうだった。木蓮は翠がそうしないようしっかり見張る。

現世でも隠世でも、治らない病に悩む者ばかりだ。翠は優しいから、そんな者たちに出会えば出会い次第治そうとするに違いない。でも、そうすれば翠の命が危なくなってくる。翠の命を削って救いたい命なんて、木蓮にはなかった。晴太を助けられず死んでしまったとしても、木蓮はどうも思わない。確かにかわいそうではある。だが命あるものはいつか終わる。長生きするあやかしだって、いつか終わるときが来るのだ。

「さ、食べよう。お腹空いたでしょ」

翠も木蓮も出された皿を見て茫然とした。これまで見たことも食べたこともないものが机に並んでいる。茶色くて、汁物よりはとろみがある見た目の食べ物。翠は鼻を近づけてにおいを吸い込み、少しせき込む。

「少し辛いかもしれない。お口に合わなかったら残していいよ」

晴太はカレーライスを口に運び、辛いと言いつつも美味しいと複雑なことを言った。

翠はごくりと唾を飲み、少しだけカレーライスを口へ入れた。

「……っ！　辛い！」

水！　と慌てて水をごくごくと飲み干す。

「そんなに辛かった？　大丈夫？」

晴太が新たに水を注ぎながら訊ねる。

木蓮は辛そうな翠の表情を見てさらに慎重になった。こんな暑い日にこんなに湯気の出るものを食べるなんて、人間はどうかしている。

「木蓮は食べちゃダメ！　熱いし辛いから、冷めてからね！」

木蓮たちは火を司るあやかしでも、猫舌で熱いものは苦手だった。どちらかと言えば、寒さに強い。

翠が少し涙目になりながら、木蓮の前のお皿を手で遠ざけた。

「……辛い、けど。なんだろう、ちょっと癖になるかも」

翠は洟《はな》をすすりながらもう一口、さらにもう一口、とカレーライスを食べ始めた。

何か怪しい毒でも入っているのではないか、と木蓮が心配になるほど翠は勢いよく食べ、一口も残さず平らげてしまった。さらに、おかわりまでしようとしている。

木蓮は「やめておけ」と声に出しそうになり、ぐっと堪えた。

結局木蓮はカレーライスの正体がわからず、怖くて食べられなかった。そんな木蓮を見て晴太は「きのうの残りだけど」とこっそり焼き魚をくれた。朝からずっと何も食べていなかったせいで、木蓮にとってご馳走だった。

「ふたりとも、きょうは泊まっていって」

後片付けをしながら晴太が言う。翠はますます興奮した様子で喜んだ。「やったぁ、嬉しい」とまるで友達の家に遊びに来ているような返事をしていた。

木蓮は思わず自分が猫だということを忘れて、大きくため息をついてしまった。

翠は本当に、困った姫だ。

「お風呂入ってきていいよ。もう沸いてるから」

これ僕のだけどいいかな、と晴太は自分の着替えを翠に渡す。

「木蓮、一緒に入ろ!」

翠が木蓮をぎゅっと抱きしめるが、木蓮は慌てて腕からすり抜け箪笥の裏側へ走って逃げた。

一緒に風呂なんて、冗談じゃないっ……!

「猫はお風呂、嫌いなんじゃない?」

晴太がそう言うと、

「そっかぁ。確かに、木蓮は水が嫌いだもんね」

と納得した様子だった。

いや、問題はそれだけではない!

木蓮は心の中で叫ぶ。

晴太は翠を風呂場へ案内すると、色々と使い方を説明しているようだった。翠のはしゃぐ声が箪笥の陰に隠れている木蓮にも聞こえて来る。

本当に、いつまでたっても子どものようだ。

「ねぇ、木蓮」

「なんだ」

しっかり裏側も掃除しろよな、と木蓮は文句を言いながら箪笥の裏から出て来た。身体中ほこりまみれだ。

「翠はきっと、恋が何かわかっていないんじゃないかな」

「ああ、そうだとも」

晴太はこれまでの翠の幼稚な行動を見て察したのか、そんなことを言った。

「そうなの?」

晴太は訊ねておいて、目を丸くし訊き返す。

「あやかしは一生に一度しか恋をしない」

「一生に、一度だけ？　あやかしってどのくらい生きるの？」

「それもあやかしによっては違うが、千年以上を生きるあやかしもいる」

それはすごいなぁ、と晴太は目を丸くした。

「翠と木蓮はいくつなの？」

「そうだな、五十くらいだな」

「五十？　そんなに年上なの？　僕よりうんと年下かと思った」

晴太はいくつだろうか。人間の年齢は木蓮にはよくわからない。見た目は確かに晴太の方が木蓮や翠より上に見えるが、人間の方がずっと若い。

「一生に一度だけの恋なのに、僕が恋をしたふりなんてしていいの？」

「……え？」

「木蓮は、翠が好きなんでしょ？」

木蓮の鼓動がどくんどくんと速くなる。一瞬言葉が出なくなるが、慌てて咳払いをし
「いや俺はただの護衛だ」とだけ言った。

ふぅん、と晴太は一言答えるとそれ以上は何も訊ねなかった。翠の気持ちよさそうな鼻歌と食器が重なり合う音、水の音だけがやけにうるさく聞こえた。

第三章　夏の夜の思い出

気分転換にどこかへ行こう、と誘ってきたのは職場の同期で、噂によれば夏菜に気があるという近藤誠二《こんどうせいじ》だった。夏菜は家に引きこもっていたかったのだが、どこかへ行こうと言われて水族館が頭に浮かんだ。唐突に夏菜を振った婚約者、星野晴太との思い出の場所だった。

未練がましいと思われたって、別にいい。大体、彼は水族館がそんな思い出の場所だなんて、知らないのだから。

夏菜はそんなことを思いながら、あまりよく知らない同期の近藤と水族館デートをしていた。

「すごい人だね」

手が触れるか触れないかくらいの距離で、近藤は見たままを言った。夏菜は、土曜日だし世間は夏休みなんだから当たり前だ、と心の中でぶつぶつ文句を言いながら「そうだね」と笑顔で答えた。

水族館の中はカップルか子連れしかいないように見えた。

子連れはどうでもいいが、カップルを見るとイライラする。なぜだ。

夏菜は色とりどりの魚やイルカやペンギンよりも、カップルの方ばかりに気を取られていた。

「松本さんはどう思う？」

「……え？」

何も聞いていなかった夏菜は、ぽかんとした表情で近藤を見るしかなかった。

「あはは、俺の話ってつまんないんだよね」

近藤はそう言って頭を掻きむしった。短髪なのに掻くと変な跡がつく。

「ごめん、何の話だっけ？」

夏菜は眉をへの字に曲げて、ごまかし笑いをしながら訊ねる。

「いいんだ、中身のない話だからさ」

ふたりはそのあと押し黙ったまま、人の波に流されながら水族館の中を歩いた。夏菜には近藤と話す話題が何一つなかった。いや、あるにはある。同じ職場の介護士で同期なのだから、利用者の田中《たなか》さんが先日脱走を図ったことや、新しく入ってきた牧野《まきの》さんの左目が義眼だったこと、いくらでもある。でも夏菜はそのどれも近藤と話す気にはなれなかった。職場の愚痴でさえも、話すこと自体が面倒くさい。

「婚約者と別れたって、職場で聞いたんだけど」

気まずそうに、でもそれが一番聞きたかったことだろうけど、様子を窺うように近藤が訊ねて来た。

「そう、別れたの」

夏菜ははっきりと答えた。

「今夜中にでも荷物をまとめて出て行ってほしい、僕はきょうは帰らないから」なんて電話で言われて、夏菜は一晩家で待った。車椅子生活が始まってまだ間もない晴太は、結局帰ってこなかった。夏菜は仕方なく父を呼び、自分の荷物を運び出した。父を呼ぶほどの荷物ではなかった。でも、晴太の病がこのまま治らないのではないか、と言われてからひどく結婚に反対しはじめたので、別れたことをいち早く伝えておきたかった。父は何も言わず、ただ無言で荷物を運び出した。夏菜はほとんど何もしなくて済んだ。

「その指輪……」

「ああ、これ？」

夏菜は晴太からもらった婚約指輪をまだ返せずにいた。それどころか、仕事がない日はこれまで通り左手の薬指にはめていた。きょうみたいに誰かとでかける日でも、夏菜は平気でつけてきたのだ。

近藤は指輪がどう見ても婚約指輪だとわかったからか、指輪について追及して来なかった。指輪を未だ持っていて普通にはめている夏菜には、ちょっと動揺している様子ではある。

「相手の人、何か病気だったんだって？」

一体どうやって噂は流れるのだろうか。誰かが私を監視しているんじゃないだろうか。

夏菜は職場の誰にも話していなかったのに、次から次へと真実が噂として広がっていることに疑問を感じていた。他人の不幸は蜜の味という。職場の誰もがこぞって噂話をして楽しんでいるのだろう。

「突然ね、足が動かなくなったの。今の医療では原因がわからなかった。そのまま全身に広がって……」

「ごめん」

近藤は唐突に謝ってきた。

「ん？　どうして？」

訳がわからず夏菜は首を傾げる。

「こんな話、したくないよね。全然気分転換にもならないしさ」

本当は詳しく聞きたいのだろうと夏菜にもわかった。でも、それは近藤という男の優しさだろうと解釈した。

「喉、渇いてない？　何か買って来るよ」

「うん、ありがとう」

　夏菜もそれ以上、深く話すのはやめておいた。話したところで、近藤は同情する他ない。同情されて、励ましの言葉をかけられて、どうってことないふりをするのも夏菜は面倒だった。

　近藤が戻るまで、夏菜はぼんやりと周囲を眺めていた。子どもたちが大勢集まっている水槽があった。覗き込むと子亀が小さな水槽の中を泳いでいた。

　晴太から告白されたのは、この水族館だった。小学生の頃から好きでした、と言った晴太の顔を夏菜はしっかりと心に焼き付けていた。その言葉を、ずっとずっと待っていたからだった。晴太は知らないだろうが、夏菜もずっと、晴太が好きだった。

　高校の卒業式の日、晴太から呼び出されて体育館の前で待っていた。きょうここで晴太から告白をされたらどんなに最高だろう、と待ちに待った瞬間だった。

　それなのに、晴太はボタンをブチッと引き千切り「受け取ってください」とだけしか言わなかった。受け取ってください、と言われたらありがとうと受け取ることしかできない。夏菜が聞きたかったのは、恋の言葉だった。「好きです」とか「付き合ってください」といった、はっきりとした言葉。でも晴太はどれも言わなかった。

　ちょうどあのときは、同じクラスの子と付き合っていた。でも本音を言えば、ちっとも好きではなかった。誰かと付き合えば晴太が気にするんじゃないだろうか、という理由だけで付き合っていた。結局あの後すぐに別れてしまった。

夏菜は何度か自分から告白しようか、と悩んでいた。しかし、夏菜にはどうしても譲れないこだわりがあった。好きな人から告白される。これこそ、夏菜が幼い頃からずっと思い描いてきた恋だった。いつか遠い昔の夏、晴太が「大きくなったら結婚しようね」と言ってくれたみたいに。

晴太と別れてからこの数日、夏菜は走馬灯のように晴太との日々を思い出していた。そんな自分に活を入れるように、自分で自分の腕を強くつねる。つねると、左の薬指にある指輪が光った。そっと指輪を外すと、輪の内側を見た。中に晴太のSと夏菜のN、付き合った日付が刻まれている。

この指輪は絶対に返さない。私はこれを一生はめ続けるんだ。晴太以外、誰とも結婚するつもりはない。私はこの指輪をはめたまま年老いて死ぬんだ。

そう強く心の中で誓い、もう一度自分ではめた。あの夏の日を、絶対に忘れないように。

◇

地元の夏祭りは、毎年すごい賑わいだった。屋台がずらりと並び、赤い提灯が暗闇にぼんやりと浮かび上がる。お囃子《はやし》の音、小さい子どもたちのはしゃぐ声。綿菓子の甘い香り、焼きそばの香ばしい香り。何もかも、夏菜には懐かしかった。

　ここのお祭りは、中学生の時以来行っていない。ずいぶんと久しぶりだった。夏菜にとって、ここは大切な思い出の場所だ。晴太とはまだ幼い頃に、何度も行って遊んだ。

　晴太はあの日を覚えているのだろうか。私だけ覚えていて、晴太は忘れてしまっているのだろうか。

　晴太と付き合って二年以上になる。そろそろかな、と期待に胸を膨らませて先月自分の誕生日を迎えた。しかし、特別これといって何もなかった。高級なレストランへ連れて行ってもらい、夜景が綺麗に見える席を予約してくれていた。プロポーズされるなら絶好の場所じゃないか、と思って手に汗を握りながら、今か今かと晴太の言葉を待つも、それらしき言葉はなかったのだ。

「りんご飴って、あんまり美味《おい》しくないよね。まわりの飴のところだけ美味しいけど」

　幼い頃、両親に連れられてお祭りに出かけたときと同じように、晴太も夏菜も浴衣を着ていた。晴太はシンプルな紺色の浴衣。夏菜は同じ紺色の地に花火が打ち上げられていた。

「夏菜、りんご飴好きだっけ？」

　さっきからどうでもいいことばかり聞く晴太に、夏菜はイライラし始めていた。

　りんご飴だ？　そんなもん、どうだっていい。

「怒ってる？　僕、何かした？」

「別に」

プロポーズして来ない晴太が悪い、なんて口が裂けても言えなかった。晴太が悪いわけでもない。ただ自分が焦っているだけだった。あの日の約束に、期待し過ぎている自分が嫌でもあった。

「もしかして、りんご飴食べたかった？」

りんご飴の屋台を通り過ぎると、晴太は足を止めて振り返る。夏菜は晴太の顔面にりんご飴をぶつけたい気持ちをぐっと堪えて、ただ首を振った。

通り過ぎる恋人たちは、晴太や夏菜よりうんと年下に見えた。高校生くらいの子たちでも、べったりくっついて恋人繋ぎで歩いている。

それなのに、私たちは手すら繋いでいない。

自分から手を繋げばいいのに、きょうはどうしても、晴太の方から手を繋いでほしかった。繋いだら、離さないでほしかった。

昔からそっけない態度を取ってしまいがちで、本当は素直に甘えたりしたかった。でも、自分はそんなキャラじゃない、とどこかで思っていた。だから、素直に甘えられる人が羨ましい。そういう女はモテるんだろうな、なんて思ってもいた。

「きょうは花火大会もあるよ。堤防の方からなら、きっと綺麗に見えるよ」

晴太は夏菜のご機嫌を取ろうと必死に話しかけていた。

「ね、金魚すくいやらない？」

金魚すくい、と聞いて夏菜はパッと表情を変える。

晴太は覚えているのかもしれない。あの約束を――。

ふたり分の代金を晴太が払い、晴太は意気込んで袖をまくった。

「これ、なんていうか知ってる？」

「これに名前があるの？」

薄い紙が貼られた、金魚をすくう道具。夏菜はまじまじとそれを見てしばらく考えた。

「もなかを使うところもあるよね。でも名前は知らない」

「ぽいって言うんだよ」

「……ぽい？」

なんだその名前は、と夏菜は眉間に皺を寄せる。

「僕も知らなかったけど、ばあちゃんが昔教えてくれたんだよね」

「晴太のおばあちゃんって、物知りだよね」

きょうの夏菜の浴衣も晴太の祖母が着付けてくれた。髪も結ってもらい、お店でお願いしたみたいに完璧な仕上がりだった。

「どれにしよう」

晴太は水面に顔をつけるくらいぐっと近づいて、ぽいを片手に構えている。

「赤い出目金がいいな」

あの日と同じように、夏菜は晴太にお願いした。あの日も赤色の出目金がほしいと夏菜が言ったので、取ってくれたのだ。

「出目金かぁ。重いからすぐ破れそう」

晴太はそう言いつつも、底の方に重たく沈む出目金めがけてぽいを動かす。しかし、出目金は素早く逃げてしまい、引き上げると大きく穴が開いていた。

「あー」

ふたり同時に声をあげる。

「絶対にこの子をすくいたい」

夏菜も同じように赤い出目金に狙いを定める。少しでも水面近くに浮かびあがる瞬間を狙って、水面を睨んでいた。

今だ！　と勢いよく水にぽいを突っ込むと、金魚たちがあちこちに散って逃げる。

「そんなに波立たせるとダメだよ」

「晴太だって失敗したくせに」

失敗したのにダメ出しをされて、夏菜はふてくされた。

「おじさん、もう一回！」

晴太はまたぽいを受け取ると、今度は徐々にすーっと沈めた。すくった金魚を入れる器を近づけて、そっとそっと角まで追い込み引き上げる。夏菜は息を呑んで見守った。

「……やった！」

晴太と夏菜は、隣で金魚すくいをする子どもたちそっちのけで喜んだ。器片手に小躍りしそうなくらい喜んでいると、子どもたちと目が合う。大人のくせに、と言わんばかりの白い目で見られて恥ずかしくなった。

金魚を袋に入れてもらい、晴太はそれを持って嬉しそうに歩いた。夏菜はその金魚はてっきりまたもらえるものだと思っていた。だから晴太が「焼きそば食べよう」と言い出したときに、やっぱり忘れているのかもしれないとがっかりした。

焼きそばを食べたあと、かき氷をふたつ買った。夏菜はいちご、晴太はメロン味だった。食べながら歩き途中お互いにべーっと舌を出すと、夏菜はピンクで晴太は緑色になっていた。

打ち上げ花火を見るために、近くの堤防まで歩く。ふたりと同じように、浴衣姿の見物客が堤防沿いにずらりと並んでいた。少しでも見えやすい場所を探して、ふたりは人の間を縫うように歩きまわった。晴太は人ごみの中で金魚が潰れてしまわないよう、自分の胸くらいの高さで袋を持って大事に運ぶ。

探している途中、ドーンと打ち上げ花火の音がする。慌てて空を見上げると、色とりどりの光が夜空に咲いていた。大きい花、小さい花、どんどん打ち上がっては儚《はかな》く散っていく。暗闇の中に光がすっと溶けるように消えていった。

「始まっちゃったね」

「もうここでいいよ。見ようよ」

夏菜は金魚が入った袋を持つ晴太の腕を引っ張って言った。

「そうだね」

打ち上げ花火の音とともに「おおー」「綺麗」と男女ふたりが晴太と夏菜の間に割って入ってきた。晴太はやや困り顔で夏菜の方を見ている。手を繋いでくれたらよかったのに、と夏菜は小さなため息をつき、黙って空を見上げた。

大きな花火、小さな花火、色とりどりの花火が打ち上がる。夏菜は晴太が花火ではなく自分の横顔をずっと盗み見ていることに気づきつつ、知らん顔した。

花火はあっという間に終わりを迎え、最後はこれでもかというほどに打ち上がった。花火が打ち上がる音が止み、空中に残った光の残骸が少しずつ消えていく。終わらないで、と思わず口に出してしまいそうになる。空の光がすべて消えると、人はまばらに散っていった。

でも夏菜はそのまま空を見上げ続けた。晴太も同じだった。

いつかの昔、晴太の家族と山へキャンプをしに行った。そのとき見た夜空は綺麗だった。満天の星で流れ星も見えた。しかし都会の中から見上げた夜空の星は、鈍く輝くばかりだ。

花火のまばゆい光が目に焼き付いて、星の輝きが霞《かす》んで見えた。

「来年は、キャンプにでも行こうか」

晴太も同じ昔を思い出していたのか、夏菜にそう言った。

「うん、行きたい」

「あ、でも海もいいよね」

「海も行きたい」

「そんなにたくさん行けるかな」

「行けるよ」

ふたりは空を見上げながら、一年後の未来に思いを馳せた。

「夏菜、」

何？　と晴太を見ると、晴太はその場で跪き金魚の袋を手に持ったまま、夏菜の手を握った。

「僕と結婚してほしい」

打ち上げ花火の見物客はもうどこにもいない。残されたのは、晴太と夏菜のふたりだけだった。

「うん……」

ああ、やっぱり晴太は覚えていてくれたんだ。あの日の約束を。

夏菜は涙をぬぐい、金魚を受け取った。

このときの夏菜には、バラ色の未来しか頭になかった。

◇

「見て、こっちには亀の赤ちゃんがいるよ」

十代中頃くらいの女の子だろうか。ちょうど夏菜が見ている向こう側の水槽から、興奮気味に子亀を覗き込んでいる様子が見えた。

「ほんとだ！」

子亀がまばらに泳ぐ隙間から、夏菜にとって懐かしい顔が見えた。晴太だ。

「……晴太？」

晴太も気づいた様子で、水槽越しに晴太の驚いた顔がはっきりと見えた。

一緒にいる子は、誰だ。晴太にあんな若い知り合いがいただろうか。親戚の子だろうか。いやでも、晴太にとって親族はこの間亡くなった祖母だけだと言っていた。

夏菜の頭が一瞬で真っ白になる。

「ちっちゃい！　可愛い！」

水槽におでこをぺたんとくっつけて、周りも気にせずはしゃぐ女を見て夏菜は苛立っていた。

誰なんだ、あの女は。

ふつふつと身体の奥深くから湧き上がって来る嫉妬の熱さに、じんわり汗をかいていた。手のひらで額の汗を拭う。

「こっちも見て！」

女はあちこち指を指しながら晴太に笑いかけている。晴太は夏菜の方をチラッと見たが、すぐに視線を逸らし女の後を付いて行く。

「……ちょ、ちょっと！」

つい、声が出てしまった。

なぜ無視するのよ！

心の中で思いっきり叫ぶ。

間違いなく自分の存在に気づいていた。しっかり目が合った。それなのに、無視するなんて。

もう別れているのに、浮気の現場を発見してしまったような気分だ。このまま引き下がれない。

夏菜はどうしても何かひとこと言ってやりたくて、飲み物を買いに行った近藤を置き去りにし、晴太と謎の女を追いかけた。

大股で晴太たちに近づいていく。魚や亀なんてそっちのけだった。

「……おい」

突然背後から肩を掴まれる。近藤かと思い振り返るが、そこにいたのは見知らぬ青年だった。

「何？　あんた誰？」

掴んだ手を振りほどき、夏菜は怪訝《けげん》な表情で青年を見た。

「ふたりの邪魔をするな」

「え？」

青年は晴太と女を気にしつつ、夏菜をそれ以上ふたりに近づけないようにガードしていた。

一体、誰なんだ？

「退《ど》いて。私は晴太に用事があるの」

「ダメだ」

「なんの権限があって、あんたに邪魔されなくちゃいけないの？」

夏菜はつい、初対面の人なのにきつい言葉で当たった。だが青年は全く怯む素振りは見せない。むしろもっと頑《かたく》なに「ふたりに近づくな」と強い言葉が返ってきた。

「お前は、星野晴太のなんだ？」

「……え？　私？」

星野晴太のなんだ。

これまでは恋人で婚約者だった。晴太にとって大切な人であるのは間違いなかった。夏菜もよくわかっていた。でも今は違う。別れてしまった今は、夏菜は晴太にとって誰でもない。別れた恋人でしかなかった。

夏菜は何も答えられず、ただ黙ったまま突っ立っていた。

青年はそんな夏菜にやや首を傾げると、そのままそこに夏菜を置いて晴太たちの方へ歩いて行った。

私は、もう晴太にとってなんでもないんだ。

わかってはいた。理解していたはずなのに、わからないふりをしていた。気づかないようにしていた。晴太が別れを切り出してきたのは、自分の病に動揺して心の整理がつかなかったからだと思うようにしていた。少し時間を置けば、晴太はまた私を求めて来る。あれは一時の迷いだったとわかるはず。夏菜は勝手にそう思うようにしていた。

でも、そんなはずはなかった。晴太は一時の迷いで、誰かに別れを切り出すような男ではない。それは夏菜が一番よくわかっていた。

夏菜は人ごみの中、ぽろぽろと涙をこぼしていた。誰も夏菜が泣いていることに気づかない。みな夏菜より魚たちに目が行ってしまうらしかった。

「その……悪かった。泣かせるつもりはなかった」

先ほどの青年がまた戻ってきて、夏菜の前に立つ。泣いている姿を誰かに見せないよう、守っているようにも見えた。

夏菜はこぼれ落ちた涙を腕で拭い、唇を強く噛んだ。

「……泣いてない」

夏菜はそう言って洟をすすりあげる。

目の前にある水槽に視線を移すと、イソギンチャクからクマノミが顔を覗かせているのが見えた。優雅に泳ぐ魚たちをぼんやり見つめながら、水槽の反対側にいる晴太たちの姿を確認する。楽しそうに笑っていた。先ほどの小さな子亀たちの親が、広々とした水槽の中を優雅に泳いでいる。

「お前を知っている」

青年はそう言った。

夏菜はなぜ青年が自分を知っているのか不思議ではあったが、どうでもよかった。

「私は知らない。あなたたちは誰なの？」

「俺は木蓮。彼女は翠だ」

翠。変わった名前。

水槽越しに笑っている翠を見ながら思った。

「晴太の家にあった、お前の写真が」

「私の写真が？」

「その不細工な顔、間違いなくお前だろう」

「……っ」

失礼な奴だ。夏菜はそう思いつつも、言葉にはしなかった。

「それで、翠って子は晴太と何をしてるの？」

「恋に落ちる準備だ」

「何、それ？」

「正確に言えば、ふりだが」

言っている意味の半分もわからなかった。

「ちょっと、もっと詳しく教えなさいよ」

「晴太にとって何者かわからない奴に、詳しく話を聞かせる必要はないと思うが」

「わっ、私は晴太の婚約者よ！」

夏菜は盛大な嘘をついた。ばーん！　と木蓮の目の前に左手の薬指を見せつける。

「これは？」

「婚約指輪よ。私たちがこの先結婚するっていう大切な証なんだから」

木蓮は夏菜の指輪を見てから、夏菜の顔を食い入るように見つめた。

「何よ」

嘘だと見抜かれたか。一瞬夏菜はドキッとした。

「晴太にはすでに決まった相手がいたのか」

「そ、そうよ」

夏菜は、だから私にも話を聞く権利がある、と木蓮に主張した。木蓮も「それならば」と頷く。

ふたりはいったん水族館から出た。

水族館の外は海だ。隣には遊園地もある。水族館の中も外も、人でいっぱいだった。

水族館を出てすぐに目に入ったのは、大きな観覧車だった。ジェットコースターの方からは悲鳴も聞こえる。

「あまり長く翠から目を離しておくわけにはいかない。手短に話す」

木蓮はそう言って大きく息を吐いた。

「俺と翠は、晴太の病を治すためにやってきたんだ」

「……つまり、医者ってこと？」

「いいや、違う」

医者にしても若すぎるし、さっき恋に落ちる準備と言っていた。意味はわからないが、とても治療とは思えない。夏菜は首を傾げる。

「俺たちは人間ではない」

「……え？」

目の前にいる青年はくすりとも笑わず、至って真面目な表情をしたまま夏菜に言った。

夏菜はぷっと噴き出して笑った。

「揶揄《からか》ってんの？　冗談に付き合うつもりないから」

「揶揄ってなどいない。真実だ。翠は金魚の姫。翠の血が一滴あれば、晴太の命は簡単に助かる」

「たかが血、一滴で？」

夏菜は「馬鹿みたい」と今度は冷ややかな目で木蓮を見る。だいたい、金魚の姫ってなんだ。人魚姫ならぬ金魚姫なんて、なんだか間抜けな感じだ。夏菜は声にはしなかったが、木蓮にうさん臭さを感じていた。

「冗談はやめて。晴太の病気はどこへ行っても治せないって言われたの」

「だったらなおさらだろう。たかが血一滴で助かるとしたら、試して損はない」

木蓮はたかが、を強調して言った。

夏菜だって希望がなかったわけではない。新しい病院へ行く度、ここで原因がわかる、そして晴太は助かるんだ、といつも願っていた。散々ネットで検索した。知り合いに優秀な医者がいると聞けば会いに行き、いろんな検査も受けた。それでも誰も晴太の病の正体を突き止められず、余命がどんどん縮まっていくだけだった。

何があっても晴太のそばを離れない。たとえ晴太の命がこのまま終わってしまったとしても。

夏菜には覚悟があった。それなのに、突き放したのは晴太の方だ。一方的に別れを突き付けて、自らひとりになった。

「お前、晴太が好きなんだな」

「な、何よ急に」

心でも読まれているのか、と夏菜はまた木蓮に驚かされる。

海鳥がふたりの頭上を飛んでいく。海の上には白い船がいくつも浮かんでいる。水平線がはっきり見えた。きょうは天気がいい。空には大きな入道雲。太陽の光はじりじりと肌を刺すように光り輝いていた。

夏菜はゆっくりと目を閉じる。波の音が心地よい。

大きく息を吸って、吐いて、それを何度か繰り返す。息を吸う度に潮の香がした。このあたりは港湾なので、海水浴ができるような砂浜はない。どこまでもコンクリートの堅い地面が続いている。波がコンクリートに当たると大きな音がした。

「フラれたの、晴太に」

夏菜は嘘をついたままではいられなくなって、木蓮に真実を伝えた。

「フラれた？　それはどういう意味だ？」

「つまり、私たち別れたの」

別れる、という言葉に木蓮は噛みついた。

「夫婦になると約束をしたのだろう。なぜ別れることになった」

「そんなこと、私が知るわけないでしょ」

本当はわかっていた。晴太が何度も夏菜に言っていた、将来を考えてほしいという言葉の意味も理解していた。晴太がいなくなったあとの人生を、しっかりと考えてほしいという思いも。でも、夏菜にとっては全部、晴太の勝手な言い訳でしかない。

「さっき言ってたよね、恋に落ちる準備をしてるって。あれはどういう意味なの？」

夏菜の質問に木蓮は「ああ」と頷く。

「血一滴で晴太の病は治せる。だが、ただでというわけにはいかないんだ」

「どういうこと？　お金が必要とか？」

「いいや。三日間の間で、晴太が翠と恋に落ちれば血を一滴わけてやれるんだ」

「え？」

なんて無茶苦茶な条件なんだ。なぜそんな条件になってしまうのか、夏菜にはよくわからなかった。

「晴太はそれを知ってるの？」

「もちろん、知っている。だから言っただろう。助かるために恋に落ちたふりをするのだと」

あの晴太が自分のために誰かを騙そうとしている？　夏菜は自分の耳を疑った。

「本当に晴太も同意したの？　あの晴太が？」

「生きるか死ぬかの瀬戸際だ。四の五の言っていられないだろう」

「まぁ、それはそうだろうけど……。でも、あの子は？」

夏菜の質問に、木蓮は一瞬顔を歪めて喉を詰まらせたように見えた。

「大体、なんでそんなおかしな条件なの？」

「翠は、晴太が好きなんだ」

晴太が好き？　夏菜は予想もしなかった言葉に声を失った。尾鰭がある翠が人間の晴太に恋い焦がれている様子が目に浮かぶ。人魚姫の物語と同じではないか。

「俺たちが住む世界とここは、ある意味で繋がっている。だから時々人間の様子も見える。翠は晴太が好きだから晴太の命を救いたいんだ」

「だったらなおさら、晴太があの子に恋をするふりなんてしたらあの子が傷つくじゃない」

「それでいいんだ」

木蓮はそう言って、空を仰ぎ見た。夏菜には何かをごまかしているようにしか見えなかった。

「まだ何か裏があるって感じね」

「裏なんてない。ただこの世界は翠にとって、とても危険なだけだ」

「だから晴太を悪者にするってこと？　人間は残酷だって？」

夏菜にとって、目の前にいる謎の青年も金魚姫だというあの女の子も、別にどうでもよかった。所詮、赤の他人だ。信じるのは難しいが、もしこの嘘みたいな話が本当だった場合、晴太は恋したふりをすることで誰にも治せないと言われた病が治り、元の生活に戻れる。そうすれば、晴太はまた私と寄りを戻したがるのではないか。だって、病が原因で別れることになったのだ。そうだ、そうに違いない。

でも。

もし仮に、晴太が元通りになったとしても、晴太がまた自分を求めてくれるかどうか夏菜は不安だった。自分たちが別れることになった原因は、もしかしたら病だけではなかったのかもしれない、と。

夏菜はなんとなく、目の前にいる青年から自分と同じ匂いを感じ取った。

「あの子が好きなんでしょ」

木蓮の頬がカッと一瞬で赤くなるのがよくわかった。どうやら図星のようだ。すると、突然ふわふわとした猫の耳と尻尾が顔を出す。

「な、何っ？」

木蓮は慌てた様子で自分の耳を両手で押さえた。尻尾は丸見えだ。

「あんた、本当に人間じゃないの？」

それ本物？　と夏菜が耳を引っ張る。

「やめろ、気安く触るな！」

木蓮がシャーッと猫のように威嚇してきた。触り心地は本物の猫と同じだ。

「猫？　あんたは猫で、あの子は金魚？　食べたくなったりしないの？」

「俺は猫のあやかしだ」

「俺たちはそういう関係ではない」

木蓮は大きく息を吸って吐いた。突如現れた耳と尻尾がみるみる消えてなくなっていく。

夏菜は本当に人間ではないのか、ただの手品かと頭の中で考えた。

「……まあ、好きな女の子が好きな人にフラれたら、そりゃあんたにとって都合がいいもんね。もしかしたら可能性があるかもしれないし」

「いいや、可能性はない」

「結構後ろ向きなのね」

その言葉に対しても、木蓮はいや違うと首を振る。

「俺たちあやかしは、一生のうち一度しか恋に落ちることはない。だから、翠が晴太に本当に恋をしているとしたら、どんな結末でも俺には望みはない」

可能性はないんだ、と木蓮は繰り返した。

一生に一度しか恋ができないとしたら。それでも夏菜は晴太に恋をしただろう、とすぐに考えた。晴太が不治の病にかかり余命宣告を受け、婚約を破棄されるとはじめからわかっていたとしても、私は晴太に恋をする。何度同じことが起こっても、それは変わらない。夏菜には揺るぎない想いがあった。

「自分の恋が叶わないかもしれないから、好きな人の恋路を邪魔するの？　人間は悪者だからって別の理由をつけて？」

「卑怯だってことは、重々承知している」

木蓮はそう言って俯いた。

「翠の恋路を邪魔するんじゃなくて、正々堂々と戦いなさいよ。晴太に汚いことをやらせて、自分は知らんふりしようとしてたんじゃない？」

木蓮はそのまま俯き黙ったまま、夏菜の言葉を聞いているようだった。

「晴太との恋が偽物だとしても、これ以上進む前にあんたからちゃんと気持ちを伝えなさいよ。黙っていないで」

なんで私、こんな見ず知らずの怪しい男と真剣な話をしているんだろう。夏菜は急に冷静になって間抜けな自分をあざ笑った。

「……身分が違う」

「身分？　お姫様だから？」

どこまでもおとぎ話のような世界だ、と夏菜は少し声に出して笑う。

「俺たちあやかしは、昔はこの現世に住んでいた。でも、あやかしが生きるには難しい時代になっていった」

「なんだか複雑ね」

夏菜にとってそんな昔話はどうでもよかったので、てきとうに答える。

「翠たち一族は、あやかしの中でも貴重な存在だ。その血肉を喰らえば、不老不死になれるしどんな病でも治せると信じられてきて、たくさん殺された。だから、生き残りは少ない」

「誰に殺されたの？」

「人間だ」

夏菜は一瞬固まった。

人間が悪者だというのは、あながち間違っていないのかもしれない。木蓮の言葉が真実なら、翠の力を利用したがる人間はこの世界にごろごろいそうだ。現に私も、本当にどんな病も治せるのならその力にすがりたくなる。

「翠の血を晴太に分けるのにだって、俺は最初から納得なんてしていない。でも翠はどうしても晴太を助けたいという」

「どうして？　人間にひどい目に遭わされてきたんでしょ。それなのに、どうして助けたいの？」

「そんなこと、お前にだってわかるだろ。晴太が好きだからだ」

木蓮は自分で言った言葉に無理やり笑顔を作った。

「俺は翠を守るためにずっとそばにいる。それが俺のすべきことなんだ」

「でも、実際晴太と仲良くするのが嫌なんでしょ？」

そう言うと木蓮はまた静かになる。都合の悪いときだけ木蓮は黙った。

「じゃ、私の大きな独り言だと思って聞いてなさいよ」

夏菜はそう前置きをし、空を見た。太陽が眩しい。いや、痛いくらいだ。

「身分の違いだとかそういうものは私にはわからないけど、そんな簡単に諦められるものじゃないでしょ」

夏菜自身がそうだった。幼い頃から晴太が好きで、他の誰かでは晴太の代わりにはならなかった。晴太でなければいけなかったのだ。

「みんな、言葉で伝えなくても相手に届くと思ってる。強く祈ったり願ったりしたら、って。でもね、願うだけじゃダメなんだよ。言葉にしなくちゃ相手には絶対伝わらない」

自分自身にも言い聞かせるように、夏菜はそうつぶやいた。

そう。言葉にしなければ、何も伝わらない。私ももっと早く素直になれていたら、何もかもが違っていたかもしれない。ただひたすらに晴太からの告白を待たずに、自分から想いを伝えていたのなら。晴太とずっと一緒にいたいともっと伝えていたなら。今とは違う未来が待っていたのかもしれない。

木蓮は相変わらず無言のままだ。独り言だと思って聞いてなさいよ、と夏菜は前置きしておきながら黙りこくっている木蓮に苛立って「何か言いなさいよ」とつい強く言ってしまった。

「……もし。晴太がこのまま死ぬとして、お前はいつか忘れて新しい恋ができると思うか？」

予想もしなかった言葉が返って来たので、夏菜は固く口を閉じた。

晴太が死んだらなんて、絶対に考えたくない。考えたら、現実になってしまいそうで怖かった。

「人間は一生のうち何度も恋をすると聞いた。それは本当か？」

「人間がそんなほいほい恋に落ちると、本気で思ってるの？」

「……違うのか？」

もし、本当に晴太があしたにでも息絶えてしまったら。この世から消えてしまったら。

私はどうなるだろう。今はもう晴太の恋人でも婚約者でもない。晴太が死ぬ間際にそばにもいてやれない。私はなんでもない存在だから。いつか、晴太以外の人に心ときめく瞬間が来るのだろうか。いや、少なくとも今は、晴太以外の人間に恋するなんて考えられない。だって晴太は今生きている。晴太がいない世界で私がどんなふうに生きていくかなんて、想像もできない。

「人はね、本物の恋を見つけるためにいろんな恋をするの。でも、私のこの恋は本物だから。たったひとつの恋だから。晴太がいなくなった先なんて、考えられないよ」

俯いていた木蓮が顔を上げ、夏菜を見た。

「ちゃんと伝えなさいよ。一生に一度しかできない恋なら、なおさら」

「その言葉、そっくりそのままお前に返そう」

ふん、と木蓮はそっぽを向いて言った。

「当たり前の日々なんて、ないんだから。ある日突然、その先がなくなるって展開がいつどこで誰に訪れるかなんて、誰にもわからないんだから。あんたもそう思って行動しなさい」

「人間ごときに言われたくない」

「猫のくせに」

夏菜は日差しを手で遮りながら、ふらふらと海の方へ向かって歩く。暑すぎて溶けてしまいそうだ。

「おい、入水自殺でもする気か」

「馬鹿。そんなわけないでしょ」

夏菜は海の一歩手前で止まり、下を覗いた。とても綺麗とは言えない海の水が、ただずっと広がっている。波が立つと白い泡が見えた。胸の前に手を置いて、夏菜は大きく息を吸いそのまま大声で叫ぶ。

「どうすればいいんだっ！　馬鹿野郎っ！」

波の音で、夏菜の声はすぐに掻き消される。

木蓮は叫ぶ夏菜の隣に立ち、同じように海の向こう側を見つめた。海が穏やかに波打っている。

「これをお前に渡そう」

木蓮はポケットに手を入れて何かを取り出した。手のひらに小さな瓶をのせて、夏菜に差し出す。

「これは？」

「恋を忘れられる薬だ」

「何それ」

夏菜は小瓶を受け取ると太陽に透かして見た。薄桃色の液体がゆらゆらと揺れる。蓋を開けて中の匂いを嗅ぐ。無臭だった。

「本当にそんな薬があるの？」

「これはある方にもらった妙薬だ。これを飲めば恋を忘れられる」

お前は晴太との恋を忘れたいか？　と木蓮は訊ねた。

「忘れたくないよ」

夏菜はそう答えるも自信がなかった。晴太がいなくなった世界にたったひとり取り残されたら、その薬を飲む日が来るような気がして、あまり強く言えなかった。忘れられたら楽なのに、なんて思う日が来るのかもしれないと思った。胸が押し潰されそうだった。

「なんだ、お前ならこの薬をすぐ突き返すと思ったのに」

「私を試したの？」

「別に試したわけじゃない。俺が想像した回答と違っただけだ」

性格のねじ曲がった奴め、と夏菜は睨み付けて小瓶を木蓮に返した。

「お前にやると言った。俺ももう必要ない」

「あんたが飲む予定だったの？」

「いや、翠に飲ませるために預かっていた。もし翠が人間に恋をしてしまったら、そのときは飲ませろと言われていた」

ひどい話ね、と夏菜は眉間に皺を寄せる。

「人間に恋をしたらいけないの？」

「人間とは住む世界も考え方も違う。翠は人間に利用される恐れもある。それに、人間に恋をしたあやかしを知っている。その方は、今もまだ恋に苦しんでいるのだ」

「でも、苦しいからって忘れるの？」

夏菜が言うと、木蓮は薄っすら笑う。

「もし仮に翠が晴太に恋をしたとしても、俺はこの薬は使わない。そう決めた。翠にとって……一度だけの特別な恋だから」

「じゃあ、あんたが飲んで忘れたら？」

するとと木蓮は真剣な顔つきで、いいやと首を振った。

「俺にとっても、たったひとつだ」

夏菜はそうね、と頷く。

木蓮もまた、叶わない恋をしている。翠は本当に晴太に恋をしたのだろうか。それは本人に訊かなければわからない。私も愛する人と長く一緒にいられない運命だ。恋というのは、そう簡単にうまくはいかない。どれだけ強く想っても、願っても、おとぎ話のようなハッピーエンドはない。

だけど、それでも私は晴太のそばにいたい。結婚はできなくてもいい。恋人じゃなくなってもいい。私はただ、最期の瞬間も晴太の隣にいたい。それだけは自分で決めたい。晴太が嫌がっても、私はそうしたいから。

「私は負けない！」

夏菜はもう一度、海に向かって叫ぶ。

この先、どんな未来が待っていたとしても、絶対に笑ってやる。どんなに悲しくたって、笑ってやるんだ。晴太が不安にならないように。

夏菜は手の中の小瓶をぎゅっと強く握りしめた。

鞄の中がぶるぶると小刻みに震えている。夏菜は鞄に手を突っ込んでスマホを引っ張り出した。近藤からの電話だ。

「……しまった！」

つい、近藤と一緒に水族館に来ていたことを忘れていた。夏菜はそんな自分に腹を抱えて笑った。近藤は自分にとってその程度の人間でしかないのだ、と。

「もしもし？」

「松本さん、今どこにいるの？」

ずいぶん探し回っただろう。夏菜はそれを想像して、電話越しに頭を下げて謝った。

ごめん今から戻るね、と言おうとして夏菜は一瞬考え言葉を変えた。

「近藤くんには申し訳ないんだけど、私、やっぱりまだ晴太が好きなの」

「……晴太？」

「そう。だからごめん。きょうはもう帰るね」

えっえっ、と戸惑う声が聞こえたが、夏菜は遠慮せず思い切って電話を切った。

きょうここへ来てよかった。自分の本当の気持ちに気づくことができた。そういう点では夏菜は近藤に感謝している。でも、もうこれ以上話すことも近藤といる必要もない。お互いのためにも、そんな不毛な時間はない方がいいだろう。

「私、もう帰るから。あんたもふたりのところに戻るんでしょ？」

「ああ。護衛だからな」

護衛ね、と夏菜は笑う。

夏の空に手をかざす。夏菜の左手の薬指でダイヤモンドが光り輝いた。

宝石なんて興味もなかったけれど、これだけは絶対に大切にする。いや、しなくちゃいけないんだ。この輝きに負けない強い意志を持とう。

夏菜はそう静かに、でも熱く自分の胸に誓った。

第四章　たったひとつの恋

——恋なんておとぎ話だ。

頭の中で父の声がこだました。

「シャンプーはこっちで、リンスはこっち」

かわいらしい丸みを帯びた容器を指差して、晴太は言った。

「……シャンプー？」

翠がその容器をひとつ手に取り、押すとドロッとした液体が出て来ていい香りがした。

「いい匂い！　花の香りだわ」

「髪を水で濡らして、その後シャンプーで洗うんだ。洗い流してから、次はリンスね」

晴太は親切だ。はじめて会う私にも木蓮にも、ご飯を作ってくれて優しくしてくれる。

人間が危険だとか、人間は心の中で何を考えているかわからないなんて、みんな嘘だ。

「お風呂に入浴剤を入れておいたよ」

湯船の蓋を開けて覗くと、お湯が白く濁っていた。ほんのり甘い香りもする。

現世は、翠にとって未知の世界だった。

晴太が作ってくれたカレーも初めて食べる新しい味だったし、外は灼熱地獄のように暑いのに部屋の中はひんやり涼しい風が吹く。小さな箱の中から人間の姿が見えるし、指先一つで簡単に誰でも火を起こせる。街ゆく人間たちは誰も着物を着ていない。そこら中、見上げるほど高い建物が並ぶ。道は砂利道ではなく、固く滑らかだ。

翠は、もっともっとこの世界にいたい、そう思っていた。三日では足りない。いろんな景色を見てみたい、と。

翠は鬼灯にもらった服を脱ぎ、丁寧に畳んだ。そしてそっと湯船の中のお湯を身体にかけた。ぬるま湯でちょうどいい温度だ。

晴太に言われた通り、まずは髪を水で濡らし容器の液体を手に取った。もう一度匂いを嗅いでみると、目の前に花畑が広がっていくような気がした。

髪につけると、すぐに泡が出た。慌てて鏡を見る。頭の上に白い泡が乗っかっている。

「何これ！　面白い！」

手で揉み込むようにごしごし擦ると、泡はどんどん出て来た。髪の毛全体を泡でいっぱいにして、髪を一気に上に持ち上げる。山の頂上のように、泡だらけの髪がピンとそびえ立っていた。

木蓮も一緒に入ればいいのに。木蓮は水が嫌いだから、仕方がないのかもしれない。

この喜びを木蓮にも見せたかったが、ぐっと堪えて水で流した。

泡を洗い流したら、次にリンスをつける。こちらもいい香りがした。シャンプーよりも香りが強い。

全て洗い流し湯船に身体を沈めると、ふっとため息が出た。足は尾鰭に変わっていき、赤い鱗が湯船から飛び出した。

気持ちがいい。とても落ち着く。

こんな気持ちは初めてだった。なぜだろう、と瞼を閉じて考える。


——恋なんておとぎ話だ。


また、父の声がこだました。

恋はおとぎ話ではないと翠はずっと信じて来た。何度父や母に恋の存在を否定されても、翠は恋に憧れていた。いつかきっと、たったひとつの恋に巡り逢う日が来る、と。この三日間で、きっと恋が何かわかるはず。翠は期待に胸を膨らませていた。

◇

日々満開に咲き誇る隠世の桜は美しい。枯れもしない。ただ永遠に姿を変えず、ここにある。

この桜は、現世の悲しみで色づく。翠はそう聞いていた。それなのに、この花はなぜこんなにも美しいのだろう。美しくて悲しい。花びらがひらひらと水面に落ちる度、翠の心はざわめいた。

私のこの悲しみも、現世の花を色づかせるのだろうか。

時々そんなふうに考えて、桜の花を眺めていた。

翠の一族は代々、親が結婚相手を決めていた。必ず同じ血筋のあやかしと縁談が決まる。父の黒曜は母の珊瑚の家へ婿養子として迎え入れられた。黒曜も同族のあやかしだ。

「向山《むかいやま》の麓に、うちの親族が住んでいる。ちょうどお前と同じ年頃だろう」

黒曜はそう言って、顔合わせはいつにしようかと珊瑚と話し始めた。

「でもお父様、私は……」

「もしやまた、現世の世界を覗き見たりしているのではないだろうな」

翠はいいえ、とすぐさま首を振った。もし知られたら、外出を禁止されてしまうだろうと思ったからだった。あと半月もすれば都で百鬼夜行が行われる。そこへ行けなくなるのは嫌だった。

「翠、恋はおとぎ話なの。恋なんて、みんながするものじゃないのよ」

「でも、あやかしも一生に一度恋をするって聞きました」

まったく、誰かしらそんな嘘をうちの子に吹き込むのは、と珊瑚は怒りを露《あら》わにした。

「なぜ恋はおとぎ話なのですか」

「私は今まで一度だって恋をしたことはないわ。恋した者も見たことがない。お父様もよ。あなたよりはるかに長い時間を生きているのに」

だから恋なんて存在しないの、と珊瑚は言う。

「必要なのはこれからの世に子孫を残すことだ。我々はこの隠世へ移り住む前に多くが犠牲となった。お前もよく知っているだろう。人間に恋をしたら、あやかしとしての恥だ」

黒曜はそう言って、腕を組む。

「そんな言い方、やめてください。それじゃあまるで、この子が恋をしたみたいじゃありませんか」

珊瑚は認めたくないのだろう。娘の翠が恋をしたかもしれない、と。それも相手は人間かもしれないなんて。

黒曜も珊瑚も、この湖から外へ出て行かない。もともと水の中に住むあやかしだ。陸に上がるなんて親としては忌々《いまいま》しき事なのだろう。でも翠は、この湖の中にいると息苦しくて窒息しそうだった。だから毎日陸に上がらなければ、死んでしまうような気がしていた。

翠たちは水の中にいるときは必ず尾鰭があった。人間の世界でいう〈人魚〉とおそらく姿が似ている。陸へ上がれば尾鰭は足へと変わるが、翠の父と母は足をひどく嫌っていた。おぞましい姿だ、と。

黒曜はいつも黒い着物を着て、腰まで伸ばした髪をそのままにしている。着物と同じで、髪も尾鰭も黒い。翠の黒髪は父親譲りだ。キリッとした一重に、薄い唇。体格はがっちりとしている。一方珊瑚は蜂蜜《はちみつ》色の髪を丸髷《まるまげ》に結っている。肌は水に透き通るような白さだ。黒曜よりうんと背が低く、二重で大きな瞳に、すっと高い鼻、唇は少し厚い。黒髪以外、翠は母にそっくりだった。

翠たち一族では、女が貴重とされてきた。なぜか女にしか特別な力はなかったのだ。さらに鱗の色で持つ力の差も出る。暗い色より明るい色の鱗を持って生まれた者は、特に強い力を持つ。珊瑚は金色の鱗を持っている。翠も赤い色の鱗を持ち、強い力を持って生まれた大切な姫だった。

「人間は我らの敵だ。無力な我らを生け捕りにし殺し、血肉を喰らう。それも必要以上に。昔は、我々も多くの仲間がいたのだ」

「でも、少しでも病気を治したかったからそうしたんじゃない？」

翠の言葉に、黒曜も珊瑚も目を見開き、翠を睨みつけた。

「人間を庇うのか？」

「いえ……そんなつもりは」

黒曜の低く響く声に、翠は言い返せず萎縮する。

「よいな。我々の血を絶やすわけにはいかない」

翠は恋が何かわからなかった。どんなものなのか、恋をするとどんな気持ちがするものなのか、少しも想像ができなかった。大切なものだということはわかっても、それ以外のどんな言葉に当てはめられるのか理解できなかった。

家にいるのは退屈だ。父と母の会話はどれも義務的で、これといって面白味がない。水の中は大好きなのに、翠は死ぬほど毎日がつまらなかった。

そんなとき、木蓮はいつもそばにいてくれて、どんな話も聞いてくれた。色々と納得はしていないだろうけれど、木蓮だけは翠にとって特別な存在だった。一緒に水の中を泳げないことが辛いだけで、一緒にいると最高に楽しかった。

「花嫁修業が必要ね、翠」

私の未来が、この父と母のようならばいらない。ほしくない。

こんな生活がこの先ずっとずっと続いていくなんて、翠には耐えられなかった。

まだ知らない世界が、隠世にも現世にもある。私はそれを見てみたい。できれば木蓮と一緒に――。

翠の小さな心に、いつしかそんな想いが募っていった。

◇

水族館はたくさんの見物客でごった返していた。そのごみごみとした様子は、先日隠世で行われた百鬼夜行を思い出させる。

人間の中にひっそりと姿を偽って紛れるのは少し不安でもあったが、実際なんてことはなかった。人間は誰も翠の正体に気づかないし、みんな魚に夢中だった。

木蓮は猫の姿のままでは護衛できないと、人間の姿に化けて翠と晴太を人ごみに紛れて見守っていた。翠は時折、人ごみの中から木蓮を探して見つけては少し笑った。あの人間嫌いの木蓮が、今は人に紛れて私を見守っている。木蓮の表情は強張っており、緊張した様子だった。きっとものすごく怒っているんだろうなぁ、なんて考えながら翠は水族館を楽しんでいた。

大きくて広い水槽の中で魚たちが泳ぐ。爪くらいの小さい魚もいれば、人間に化けた翠よりもずっと大きな魚もいる。水槽に顔を近づけて中を見ると、自分が住む湖の中を思い出した。水の中はどこもみんな同じだが、ここはずいぶん賑やかだ。翠たちの湖には、翠たち家族以外誰も住んでいない。あるのは水草や小石だけだ。

「これ、なんていう魚?」

「これはベルーガだよ」

ベルーガ。聞いたことのない名だった。翠は口に出して、その音の響きにうっとりした。鱗はなく、ツルツルと滑らかな皮膚をしている。しかもかなり大きい。恐る恐る水槽に近づく翠に、ベルーガの方も寄り添ってきた。

「ベルーガは昔、人魚に間違えられたんだって」

「ほんと? 似てるかなぁ」

人間から見た私たちって、こんな感じなのか。

そう思いながら、ベルーガに微笑みかける。不思議な音色がベルーガから聞こえて来た。まるで歌を歌っているようだ。

「晴太はよくここへ来るの?」

「いや、久しぶりに来たよ。三年ぶりくらいかな」

「そのときは誰と来た?」

「うーんと……」

晴太が気まずそうに眉尻を下げ「あ、あっちの魚綺麗だよ」と話をはぐらかした。

若い男女が手を繋いだり肩を寄せ合ったりして歩いている。これが恋というものなのだろうか。確かに、父と母はこんなふうに手を繋がないし肩を寄せ合うこともない。今まで一度だってそんな父と母の姿を見たことはなかった。私と晴太も違う。ここにいる他の男女とは、全然違う。なぜだろう。晴太と私も男と女なのに。

晴太の車椅子を押して歩きながら、翠は水槽の中にいる生き物たちよりも周囲にいる人間たちの様子の方が気になって仕方がなかった。それは見れば見るほど、自分と晴太との関係性の違いが浮き彫りになっていくようだった。

晴太と私の間には、どうやら壁がある。目には見えない壁だ。触れることもできない。でもそれは間違いなくあって、巨大で、どうしたって壁は崩せない。

なぜそう感じたのか、翠自身にもわからなかった。言葉では表せない何かを、翠は感じていた。出会ってまだ間もないぎこちなさ、ではないと翠は感じた。

「ねぇ、晴太」

小さな亀たちが必死に泳ぐ水槽の前で車椅子を止めて、晴太の横に並んだ。

「どうしたの？」

「晴太は、誰かに恋をしてる？」

「……え？」

晴太が大きく瞬きをして、翠を見た。

「どうして？」

「うーん……」

翠にもなぜだかわからなかった。ただの直感、というやつだ。

「ここにはたくさんの人が来ていて、手を繋いだり肩を寄せ合ったりして歩いてる。お互いを見つめるときの瞳は、水面で光る鱗みたいにキラキラしていて美しいの。だけど、」

翠は巨大な水槽に映る自分の瞳を見つめた。

全然違う。初めて晴太を見たとき、晴太はここにいる男女と同じ瞳をしていた。でも今の晴太の瞳は曇っている。悲しみに満ちている。百鬼夜行で見た鬼灯と同じ瞳に見えた。

「恋をするって、どういうこと？」

晴太は大好きだ。何に対しても優しくて、思いやりがある人。直接会わなくたって、翠には心が温かい人間だとわかっていた。だから翠は晴太を好きになった。いつか本当に逢ってみたいと思えた。

晴太の熱く輝く瞳に見つめられたい、そう翠は願っていた。でも晴太はあの日、誰を見つめていたのだろう。ふと翠は疑問に思った。

「恋をするって、特別な感情なんだよ」

「うん」

翠は何度も頷いた。それはよくわかる。特別なもので、翠もそれが欲しいと常々思っていたからだ。

「恋は始まりで、その後恋は愛になるんだ」

「……愛？」

「そう。恋は始まりに過ぎないんだ」

難しい、と翠は頭を抱える。

「恋をしたら、これが恋ってすぐにわかる？」

「いや、わからないこともあると思うよ」

「恋をしたらどうなるの？　どんな気持ちがする？」

翠は晴太が答えるとすぐに次の質問をした。

「恋をすると、一日中相手のことが気になるんだ。今どこで何をしているのかな、何を考えているのかなって」

なるほどねぇ、と翠は納得したみたいに頷いた。

「夢に出てくるときもあるよ」

「素敵ね」

翠は晴太がどんな暮らしを送っているのか、何に興味があるのか、そんな想像をずっと繰り返してきた。だが夢に見たことはなかった。翠の夢では大抵木蓮が一緒にいて、夢なのか現実なのか区別ができないほどいつもと変わらなかった。

「私の夢にはいつも木蓮が出て来るの。いつもと一緒。変わらない日々を過ごす夢ばかりだけどね」

「それはある意味で幸せな夢だよ。翠にとって、木蓮は大切？」

「もちろん。木蓮とは生まれたときからずっと一緒だから。木蓮が一緒じゃなくちゃ」

「そうか。それじゃあ、翠にとって木蓮は特別な存在なんだね」

特別な存在。そう言われて翠はくすぐったいような、ちょっぴり恥ずかしいような気持ちになった。

「翠は木蓮が好き？」

「もちろん。大好き」

翠は迷わずすぐに答える。

「晴太のことも大好き」

晴太はそれを聞いて、最初に翠が好きと言ったときと同じように困ったような顔をした。

晴太はまた話題を逸らすように、目の前にある水槽を指さした。

「見て、こっちには亀の赤ちゃんがいるよ」

「ほんとだ！」

翠は無邪気な子どものように水槽の前へかけていく。

「ちっちゃい！　可愛い！」

「じゃあ、この亀さんたちはどう？　好き？」

晴太が目の前の水槽に手を置いた。

「好きだよ」

「恋をする？」

翠は晴太を真似て水槽に手を置いた。小さな子亀たちが翠の手のひらの周りに集まる。まだぎこちない泳ぎ方をしていた。

「恋はしない……かな」

「好きって、いろんなものに使えるんだ」

なんとなくわかる？　と晴太は訊ねた。その時の晴太の視線は、水槽の向こう側を熱く見つめていた。それはあの日、翠が見た瞳と同じだった。翠にではない。別の誰かに向けられているものだということもよくわかった。

「うん、わかる気がする」

さっきの違和感はこれかもしれない、と翠は思った。晴太との間にある壁も、この好きの違いだろうか。

「恋をすると、その人を誰にも渡したくないって思うんだ」

晴太はぽつんと一言こぼすように言った。

「誰にも渡したくない……？」

子亀の水槽の前に、人間の子どもたちが押し寄せて来た。子どもたちはみんな夢中になって水槽に張り付く。子亀の姿はあっという間に見えなくなった。

次の場所へ行こうと晴太が言うので、翠は晴太の車椅子を動かす。

子亀の水槽のすぐ右手に巨大な水槽があり、中では親亀たちが優雅に泳いでいた。

「こっちも見て！」

子亀のどこか頼りない泳ぎ方とは違い、堂々とした立派な泳ぎ方だった。

「あの子たちも、いつかこんなに大きくなるんだね」

晴太がそう言って、亀のお腹を覗き見ていた。

「今はあんなに小さいのに」

亀の甲羅の模様はみんな少しずつ違って、翠はつい見比べてしまっていた。

「晴太は恋、したことある？」

「え？」

「私……恋が何か知りたいの。だけど、いまいちよくわからなくて」

すると、晴太は少し悲しそうな表情を見せ「僕も偉そうなこと言ったけど、わかっていないのかもしれないね」と答えた。

「恋って、難しいものなのね」

「そうだね」

そう言って、翠と晴太はお互い顔を見合わせてくすくすと笑った。

恋とは無縁の世界で育ったからわからなくても当然だが、人間の晴太にも恋が何か答えられないのであれば、なおさら難しいものに違いない。翠はそう思って納得した。

「きのうもそうだけど、翠は僕のことを好きだと言ってくれるね」

「うん、もちろん」

だって好きだから、と翠は胸を張って言う。その様子に晴太はまた笑った。

「その好きって、どんな好き？」

「どんな……好き？」

「そう。さっきも言ったように、好きにはいろいろ種類があるんだよ。翠の僕に対する好きっていう気持ちは、どういうものなのかなって」

好きに種類があるのはよくわかった。亀が好き、金魚が好き、可愛いものが好きという好きと、誰かを特別に好きという意味の違いももちろんわかる。でも翠には特別な好きがたくさんあって、それが恋か恋でないのかわからなかった。

「亀が好きっていうのと、晴太が好きっていうのは違うってわかる。でもそれ以外はよくわからない。うまく言葉にできなくて」

「じゃあ、僕が好きっていう好きと、木蓮が好きっていう好きがどう違うのか考えてみて」

「……木蓮？　どうして、木蓮なの？」

「だって、木蓮は翠にとって特別なんでしょ？」

「もちろん、そうだけど……」

大きく唸り、首を傾げて考え込む。翠にはなぜ晴太と木蓮の好きを比べる必要があるのか、意味がわからなかった。

「あしたは何をしようか？」

「あした？」

「そうだ、あしたはお祭りがあるんだ。一緒に行かない？」

お祭りと聞いて、翠は初めて晴太を覗き見た日の花火を思い出した。どーんと打ち上がっては消え、またぱっと咲く花のような花火が見られる。翠は飛び跳ねて喜んだ。

「行きたいっ」

「よし、じゃあ決まり。お祭りと言えばやっぱり浴衣だね。あした一緒に買いに行こう」

「ほんとっ？」

翠は飛んで跳ねて喜んで、晴太に抱き着いた。晴太からはきのうのシャンプーやリンスのような花の香りがした。野に咲く花よりも甘い香りに眩暈《めまい》がする。

晴太は翠に抱き着かれて少し恥ずかしそうに、こめかみのあたりを掻いた。

トイレに行くから、と晴太は翠を亀の水槽の前で待つよう言った。うん、と翠は素直に頷く。

人ごみの中に木蓮の姿が見えた。翠はそのまま飛び跳ねるようにして、木蓮の方めがけて走って行った。

「木蓮っ！」

興奮気味の翠は木蓮にも抱き着いた。木蓮からはお日様のいいにおいがした。温かくて、ぽかぽかする。陽だまりの中に寝転んでいるような、そんな心地だ。

「聞いて聞いてっ」

「なんだ、どうした」

翠の紅潮した頬を見て木蓮は「とにかく落ち着け」と宥《なだ》める。

「晴太がね、あしたお祭りに連れてってくれるの！　浴衣も一緒に見に行ってくれるって！」

ぴょんぴょんと嬉しそうに踊る翠に、木蓮はやれやれとため息をついた。

「あ、ため息ついた！」

木蓮は仕方なくため息を大きく吸い込んで見せた。

「翠、」

「あのね、木蓮。好きって気持ちがどういうことなのか、もしかしたらわかるかもしれないの！」

「それは、どういう意味だ？」

木蓮が首を傾げる。

「晴太がね、色々教えてくれたの。私、やっぱり晴太が大好き！」

木蓮は一瞬目を大きく見開いたが「そうか」と一言、短く答えるだけだった。いつもならもっといろんな反応を見せてくれるのに、なぜだか木蓮の態度が素っ気なく感じた。

「早く戻れ、晴太が戻って来るぞ」

翠は木蓮に優しく背中を押された。

「え、あ……うん」

翠はなぜだろう、と少し気になりつつも亀の水槽の前へ戻って行った。

トイレから戻ってきた晴太と水族館の中をさらに練り歩き、翠はいろんな海の生き物たちと戯れた。色とりどりの熱帯魚や亀、イルカ、ベルーガ、シャチ、ペンギン。深海に住むという生き物たちはなんだかちょっと不気味で、翠はぶるっと身震いした。

「見て、海に住んでる魔物伝説だって」

翠は壁に貼ってある絵を指さして晴太に見せた。巨大な蛸《たこ》、海坊主、そして人魚の絵がある。翠はとりわけ人魚の絵を食い入るように見ていた。

「人魚だって」

翠が言うと、

「綺麗だね」

と晴太は答える。

「人魚は船乗りたちを誘惑し、海へ誘い込み溺れさせたり人間を食べたりした」

翠は書かれている伝説を読み上げた。

「人魚が人間を襲うの？　人間が人魚を襲うんじゃなくて？」

翠は晴太に訊ねた。

「うーん、僕は人魚に会ったことはないし詳しくは知らないけど、人魚の伝説はいろいろあるね。例えば、人魚の涙は真珠に変わるとか。でも僕は、人魚がそんなに恐ろしい生き物だとは思ってないよ」

「……ほんと？　じゃあ、晴太は人魚が好き？」

晴太は少し笑って「そうだね」と言った。

「晴太はその……人魚に会ってみたい？」

翠は恐る恐る訊ねてみた。人間によって、翠たち一族は絶滅の淵に立たされた。でも、晴太のように優しくしてくれる人間がもっといるかもしれない。それなら、この現世も翠にとって危ないだけの世界とは言い切れない。翠はそう思った。

「もちろん、会ってみたいよ」

「じゃ、じゃあ、もし人魚の血や肉が不老不死や万病に効く薬になるって知ったら、晴太はどうする……？　人魚を殺したりする？」

え、と晴太の表情が一気に強張った。

「そんな怖いこと……」

晴太はそこまで言って、すぐに口を噤んだ。

「やっぱり、晴太はいい人ね！」

翠の心にあった不安は吹き飛び、一気に笑顔の花が咲く。

やっぱり、いい人間もいるのだ。鬼灯様や木蓮や父や母、銀治さんが言うようなひどい人間ばかりじゃない。

翠はますます現世が好きになった。

「僕は、翠が思うような人間じゃないよ」

「そんなことないよ！　晴太はいい人。真面目で優しくて……いい人！」

翠は乏しい語彙《ごい》力でひたすら晴太を褒めた。晴太は困ったように笑っている。

「次に行こう！　あっちに人がたくさんいる！」

翠は勢いよく晴太の車椅子を押した。

人だかりができている場所には、たくさんのぬいぐるみや雑貨、ガラスの置物がずらりと並んでいた。翠は目を輝かせて人ごみの中に紛れる。イルカや亀やペンギンのぬいぐるみ、可愛い魚たちが付いた便箋《びんせん》やペン。小さなガラスでできた海の動物たち。隠世では見たことのないものばかりだった。

「何これっ！　可愛い！」

翠はあれもこれもみんな手にして抱えた。今にも落としそうなくらい、両手は物でいっぱいだ。

「翠、そんなにたくさんは買えないよ」

晴太が翠の手を止めさせる。

「そうなの？　高い？」

「うーん、そうだね。どれかひとつにしよう。持って帰るのも大変だし」

翠は渋々、手に持っているものをひとつずつ元の場所に戻す。戻しながら、翠は隠世で木蓮と買い物をしていたときのことを思い出していた。木蓮も晴太のように無駄遣いはやめろといつも諭していたが、翠は無視して欲しいものを欲しいだけ手に入れていた。木蓮は都から帰るとき、大量の荷物を抱えて翠の後ろを歩いていた。時には翠を背負って帰路につく日もあった。だけど、晴太にわがままは言ってはいけない。翠はなぜか漠然とそう思った。

「どれがいい？　ぬいぐるみ？　それともガラス？」

「うーん……」

正直、ひとつになんて絞れなかった。亀のぬいぐるみも、イルカのぬいぐるみも欲しい。亀のぬいぐるみでも、子亀の方もほしい。書く相手はいないけれど、魚たちが描かれた便箋も欲しい。ガラスの置物はどれも可愛い。翠は困り果てていた。

「じゃあ、これなんてどう？」

晴太が手に持ったのは亀のぬいぐるみだった。

「そうだね、それがいいな」

それも欲しいもののひとつだったので、翠は亀のぬいぐるみを晴太に買ってもらうことにした。晴太が支払いをしている間、ガラスの置物が並ぶ棚を眺めた。どれもみんな綺麗だ。それにとても小さい。宝石のようだった。

ふと、そのうちの一つが翠の視線を奪った。小さな貝の中に、金色の髪をした赤い尾鰭の人魚が座っている。壊さないように慎重に手に取り、手のひらにのせると、うんと小さい。人魚は翠の爪先ほどしかないのに、ちゃんと表情がある。憂《うれ》い顔をした美しい人魚だ。

欲しい！

翠は思わず声に出しそうになって、ぐっと飲み込んだ。

晴太が支払いを終えて戻って来るのが見えたので、慌ててこっそり棚に戻す。

「はい、どうぞ」

「ありがとう！」

翠はぬいぐるみを受け取ると、ぎゅうっと抱きしめた。

「じゃあ、そろそろ帰ろうか」

「え？　もう？」

「そろそろ夕方だし、帰って夜ご飯の支度をしなくちゃ」

翠はまだまだ遊びたい気分だったが、晴太がそう言うので渋々従った。

人ごみに紛れていた木蓮も、そのままふたりの後を追うように水族館を後にした。翠は何度も木蓮の方を振り返り「まだ帰りたくない」と視線を送っていたが、木蓮は首を振るだけだった。

翌日、翠は晴太と一緒に浴衣を買いに近くの店へ行った。店に入ってすぐ、翠は赤や黒や斑《まだら》模様の金魚が泳ぐ水色の浴衣に一目惚れし、晴太に買ってもらった。他の浴衣には目もくれなかった。

着付けは翠にとって容易いもので、家に帰るとすぐ袖を通した。いつものように自分で髪を結い、仕上げにあのかんざしを挿した。

「どう？　似合う？」

鏡の前で踊るようにくるくると舞う。猫の姿の木蓮は翠の足元に座り、鏡越しに翠を見上げている。

「似合うよ。夏祭りにピッタリだね」

「夏祭り、楽しみだなぁ」

翠は今すぐにでも祭り会場へ走り出しそうなくらい、興奮していた。

「きょうは花火もある？」

「あるよ。毎年花火もやるんだ。屋台も色々出てるし。りんご飴とかたこ焼き、カステラ、綿菓子、お面もあるよ。あと、金魚すくいね」

「金魚すくい！」

金魚すくいと聞き、翠は両手を挙げてわかりやすく喜ぶ。

「晴太はこのお祭りによく行くの？」

「学生の頃まではよく行ってたよ」

「学生の頃？　誰かと行ってた？」

そうだね、と晴太は短く答える。

「誰と行ったの？　友達？」

「うーん、まあそんな感じかな」

「ちょっと違うの？」

翠は興味津々だった。

「僕は、その人に恋をしていたんだ」

「……え？」

翠は晴太を見る。晴太は俯いて、申し訳なさそうに眉を下げていた。

「小さい頃から友達だった。ずっと一緒に育ったんだ。だけどいつしか好きになって。でもなかなか自分の気持ちを伝えられなかった」

「じゃあ、今もその人が好きなの？」

晴太は弱々しく笑い首を横に振ると「もう、終わったんだ」と答えた。

「……終わった？」

「そう。恋はいつか終わるんだ。早かれ遅かれ、恋はどこかで終わる」

「どうして？　恋って終わってしまうものなの？」

翠は頰を引っ叩かれたような顔をして、身体が後ろへよろめいた。

「恋はね、宝石みたいに綺麗で美しいだけのものじゃないんだ。残酷で、時には傷つけてくるものなんだよ」

「どうして……？」

翠は瞳に涙をいっぱい溜めて、晴太を見る。今にも零れ落ちてしまいそうだった。

翠は恋が美しいものだとずっと想像していた。悲しい恋の物語もあるとは知っていたけれど、残酷で傷つけられることがあるなんて、少しも考えていなかった。

「違う、違うよ。恋はそんなものじゃない。綺麗なものだよ」

溢れた涙はぽろぽろと零れ、真珠になって床を転がっていった。木蓮は尻尾をゆらゆらと揺らし、毛を逆立たせて晴太を威嚇している。

「恋がどんなものか、翠にはわからないだろう？」

晴太の言葉に翠は息を呑んだ。

「翠は恋がどんなものなのかって、きのう僕に訊いたよね？　翠は本当に恋をしたらどうなるのか、よく知らないからそんな目で僕に訊ねることができたんだ。恋なんて……」

晴太は言葉を喉に詰まらせて呟き込んだ。濡れた虚ろな眼差しで遠くを見つめ、再び口を開く。

「恋なんて素敵なものじゃない」

「……っ！」

翠は走って家から飛び出した。何も考えずに飛び出したので、靴も履かず、素足で熱い地面を走った。

わからない。きのう晴太は、恋は難しいけれど特別な感情だと教えてくれた。それなのに、その恋によって傷つけられるだとか、恋はいつか終わってしまうだなんて。恋とは一体何なのか。特別なものなのか、それとも残酷なものなのか。終わるものなのか、永遠なのか。あやかしは本当に一生に一度しか恋をしないのか。人間は本当に何度も恋をするのか。

「誰か……教えて……」

「翠！」

木蓮が隠世のときと同じ姿で追いかけて来た。翠はすぐ立ち止まって振り返り、木蓮に抱き着いた。お日様のにおいをいっぱい吸い込む。するとまた涙が出て来た。

「木蓮……恋ってなんなの？　本当にいつか終わってしまうものなの？　あやかしにとって恋が一生で一度っていう理由は、人間のように恋が終わってしまわないから？　でも人間にとって恋はいつか終わる？　終わった後はどうなるの？　好きだった人を忘れるの？」

翠は勢いよく心の中の疑問をすべて木蓮に吐き出した。

「……いいや、忘れないよ」

珍しく、木蓮が翠の恋についての問いに答えた。いつもはよくわからないとか知らないと言って答えてくれないのに。

「人間は、本物の恋を見つけるためにいろんな恋をするんだ」

「……本物の恋？」

濡れた瞳で木蓮を見上げる。

「そうだ。だけど、自分の意志とは違って、続けられない恋も存在するんだ。純粋にただ好きなだけ、というわけにはいかないんだ。恋をしたら……報われたいと思う。でももし、報われなかったら。それは恋が終わるときなんじゃないかって思う」

「……どういうこと？　私にはよくわからない」

「恋は叶うかどうかわからない。相手も同じように恋をしてくれるかどうかは、わからないんだ。どれだけ自分が相手のことを好きだったとしても」

翠は不思議に思った。自分の強い想いさえあれば、その想いは当然相手に伝わってお互い恋に落ちるものだと思っていた。でも確かに、恋はそんなに簡単なものではないのかもしれない。あの鬼灯様でさえ、恋が叶わなかったのだ。相手の気持ちまで操ることはできない。

「私は……晴太を助けたい。晴太に好きって言われたい。ただそれだけなのにっ……」

「ただそれだけのことが、うまくいかないときだってあるんだ、翠」

木蓮は翠を宥めるように言って優しく髪を撫でた。木蓮の手のぬくもりがじんわりと翠に伝わっていく。安心する温かさだった。

「もしかしたらあやかしは、一生に一度の恋が辛く悲しい物語だから、誰にも話さないのかな……。みんな、必死で忘れようとひた隠しにしてるんじゃないかって、心配になってきたの」

翠の言葉に木蓮は「翠、」と名を呼んで両肩を掴んだ。

「晴太にちゃんと聞くんだ。自分の気持ちも、ちゃんと確かめろ」

「だけど……私の恋も辛くて悲しい物語かもしれない」

「その恐怖に打ち勝つんだ。そのためにここまで来たんだろ？」

木蓮はそう言って、戻ろうと翠の手を引いた。

「うん……」

翠は裸足のまま出てきてしまったので、熱いと嘆く。木蓮は「仕方ないな」と翠を背負ってまた晴太の家へと戻って行った。


赤い提灯がずらりと並び、あちこちから香ばしいやら甘いやら、いろんな美味しそうな香りが漂う。翠は胸いっぱい祭りのにおいを吸い込んだ。

子どもたちのはしゃぐ声。男女が仲良く手を繋ぎ歩く姿。屋台の呼び込み。何もかも翠にとっては特別だった。

翠は晴太にどう声をかけていいかわからず、ただ黙ったまま車椅子を押していた。晴太も日中の出来事が気まずいのか、翠の方をなかなか振り返らない。

「ね、ねぇ晴太。何食べよう？　みんな美味しそうだね」

翠は勇気を振り絞って声をかけてみた。晴太はぎこちなく翠の方を振り返り「そうだね、お腹空いたよね」と答える。

「焼きそばなんてどうかな？　きっと翠も気に入ると思うよ。僕と半分こしよう」

「焼きそば？　どんな食べ物？」

晴太は焼きそばと書かれた屋台を指さした。子どもたちが数人並んでいる。屋台からは溶けそうなほどの熱気が漂う。翠はそれだけでも熱くてふらふらした。

鉄板の上で肉や野菜や麺が躍っている。今まで嗅いだことのない香辛料の香り。ぐーっと翠のお腹が鳴った。

「美味しそう！」

焼きそばを作るおじさんの動きは素早く、翠はじっと見惚れていた。

「焼きそばひとつください」

「あいよ！」

おじさんの威勢のいい声が響く。

「六百円ね」

晴太は鞄から財布を出し、おじさんに小銭を渡した。

「ありがとう！」

おじさんが出来立てあつあつの焼きそばを翠に手渡す。翠はあち、あち、と言いながら受け取った。

どこもかしこも人でいっぱいだった。屋台が並ぶ道はもちろん、簡易的な椅子や机がずらりと並ぶ休憩場所も人だらけだ。一番端の椅子がひとつ空いていたので、晴太は「そこに座って」と翠を促す。

出来立ての焼きそばは、蓋の隙間からも湯気が漏れるほど熱々だ。

「お先にどうぞ」

晴太が言うので、翠は先に割りばしを割って一口すする。青のりと生姜の香り。甘辛いタレの香り。肉と野菜の触感。何もかも最高だった。

「んーっ！　おいひい！」

翠は焼きそばを噛みしめ喜びに震えた。

晴太も一口すると「美味しいね」と笑う。

「これならいくらでも食べられる」

翠は勢いよく焼きそばをすすり上げた。

「食べられるなら全部食べちゃっていいよ。まだ他にもたくさんあるけど、お腹は大丈夫そう？」

「うん！　大丈夫！」

翠は唇に青のりをくっつけたまま食べ進めた。

「あの……翠」

夢中で焼きそばを頬張る翠に、晴太が消え入るような声で呼びかける。

「僕は……翠に謝らなくちゃいけない」

日中のことも含めて、と改めて言い出した。

「それは私も同じだよ」

翠はいったん箸をおき、唇をハンカチで拭った。

「僕は翠を怖がらせたかったわけじゃないんだ。でも、恋にはいろいろあるって知ってほしかった。すべての恋がハッピーエンドってわけじゃないって」

「ハッピーエンド？」

「そう。みんなが幸せになりましたってこと」

「……ああ、そういうことね」

翠もそれはわかっている、と頷いた。

「それから、もっと謝らないといけないことがあるんだ」

どんなこと？　と首を傾げる翠に、晴太は申し訳なさそうに眉を歪めて頭を下げた。

「実は、翠には僕の病を治せる特別な力があるって知ってたんだ。木蓮から聞いて。それで、僕を治すためには、僕が翠に恋をしなくてはいけないってことも聞いた。だから、翠に恋をしたふりをしようとした」

晴太はそう言って、また深々と頭を下げた。

「でも僕はもうこれ以上、嘘はつけない」

「……木蓮が、話したの？」

晴太は静かに大きく首を縦に振った。

深く晴太が息を吸う音が翠の耳にもよく聞こえた。晴太が震えている。翠は不安そうな表情で晴太を見た。

「僕にはもう、ずっと前から恋してる人がいる。いや、愛してる人がいるんだ」

愛してる。

晴太が言った言葉を、翠は繰り返した。

なぜだろう。ものすごく素敵な響きだった。もう一度繰り返すと、胸のあたりがぎゅっと苦しくなる。

「それじゃあ、さっき言ってた恋はまだ終わっていないのね？」

晴太は少し複雑そうな顔をして、うんと頷いた。

晴太があの瞳で見つめるべき人が、私ではなく他にいる。その瞳が私に向くことはない。でも翠は不思議と悲しくはなかった。むしろ心が弾んだ。晴太にとって大切な恋はまだ終わっていないからだ。

「翠のことは好きだよ。本当に、大好きだよ。だけど、僕の翠に対する好きは友達としての好きなんだ」

「友達としての好き？　それってどう違うの？」

「そうだな……」

晴太は通り過ぎる人たちを目で追いながら、どう説明したらよいのか悩んでいるようだった。翠は静かに晴太の言葉を待つ。

「友達として好きなら、その人が幸せならなんだって嬉しいものなんだよ。だから、友達の恋が上手くいっていると嬉しいし、逆に上手くいっていないと自分のことのように悲しい」

「そう……なの？」

「そうだよ。だから、僕は翠がこれからきっと本物の恋を見つけ出せると信じているし、そう願っているんだ」

心の中がじんわりと温かくなる。晴太にそう言ってもらえただけで、翠は理由もなくただ単純に嬉しかった。

「だけど、恋が必ずしもうまくいくとは限らないってことも知っておいてほしかった。僕のような恋もあるんだって」

「それはどんな恋？」

「僕は長く生きられない。だから彼女とは別れたんだ。僕と一緒にいたら、彼女は幸せになれない」

「そんな……」

翠は俯いて考えた。

好きな人と一緒にいられるのなら。それがどんな結末だったとしても、それは幸せに違いない。別れてしまう方がよっぽど悲しいことではないか、と。

「晴太のことが好きなら、彼女はきっとずっと一緒にいたいはずだよ。どうして別れちゃったの？　もう戻れないの？」

「そんなに簡単な話じゃないんだ」

「簡単だよ。好きなんでしょ？　晴太も」

うん、と晴太は頷く。

「でも、どうして今なの？　嘘でも好きって言ってくれたら、晴太を治せたのに」

もちろん私はまだ晴太を助けたい、と翠は言った。

「ありがとう。でもこれ以上、嘘をつき続けるのは苦しかったんだ」

翠は晴太のその一言で十分理解できた。

やっぱり晴太はいい人間だ。私は間違っていなかった。でも、木蓮がなぜ晴太に詳しい事情を話したのか、それだけは引っかかる。

「木蓮のことを考えてる？」

晴太にそう訊ねられ、翠はうんと頷いた。

「どうして木蓮は、晴太に話したんだろうって」

あれほど人間には正体を知られてはいけない、気を付けろと口を酸っぱくして言っていたのに。その木蓮が自ら事情を話すなんて、翠にはどうしてもわからなかった。

「理由は僕にはわからないけど、どんな理由であれ、木蓮は翠のためを思って行動していると思うよ」

「私のため？」

晴太は大きく頷いた。

「木蓮にとっても、翠は大切なんだ。護りたいお姫様なんだね」

「だけど、いつも煩いよ。私をいつまでも子ども扱いするし、どこへ行くにも心配ばっかりしてる」

翠が頬を膨らませながら文句を言うと、晴太はくすくす笑った。

「なんで笑うの？」

「いや、楽しそうで羨ましくってさ」

「木蓮と一緒にいるのは楽しいよ。だけど、ちょっと過保護すぎる」

「どうしてそこまで翠を護りたいのか、考えたことはある？」

「え？」

なぜか、なんて翠は一度も考えたことはなかった。ただ、木蓮は生まれたときからずっと一緒で、翠の家と木蓮の家はもうずっと昔から護衛をしてもらう取り決めを行っていた。そのせいだと翠は思っていた。

「私を護衛するのが木蓮の仕事だから……じゃないの？」

「本当に、それだけかな？」

晴太に言われて、翠はさらにうーんと悩んだ。それ以外にどんな意味があるというのか、翠には見当もつかなかった。

「晴太の好きな人はどんな人？　私も会える？」

晴太はぎこちない笑みを浮かべた。口がへの字になっている。

そんな晴太を見て翠は「大丈夫」と言った。

「私が絶対に晴太を助ける。晴太のおばあさんとも、約束したんだから」

翠が言うと、晴太はもっと悲しそうに笑う。

晴太のおばあさんは、あの後ちゃんと行くべき場所へ行けただろうか。

翠は晴太の祖母の不安げな表情を思い出す。現世に、病に苦しむ孫をひとり残して死んでしまったと嘆いていた。

「晴太のおばあさんは、晴太と同じでとってもいい人ね」

晴太は少し涙ぐんだ瞳で翠を見て「ありがとう」と言った。

「本当に突然、逝ってしまったんだ。僕は何もしてあげられなかった」

「そんなことないと思う」

「いいや、そうなんだ」

翠の言葉を遮るように言って、俯く。

「ばあちゃんには、最期まで心配ばっかりかけちゃって。葬式が終わった日の夜に、ばあちゃんの夢を見たんだ。ひとりにしちゃってごめんねって、謝るんだよ。死んでも心配かけるなんて、僕はひどい孫だ」

晴太の言葉に、翠は大きく首を横に振る。それに晴太はほんの少しだけ表情を緩めた。

「あれ、このかんざし……」

晴太は翠の髪にそっと手を触れた。翠もつられて自分の髪に手をやる。

「これ？」

翠はすっと髪から抜き取り、手に取った。

「綺麗でしょ。隠世で木蓮が拾ったの。持ち主を探しているんだけど……」

「ばあちゃんがくれたかんざしに、そっくりだ」

晴太がまじまじとかんざしを見つめるので、翠は晴太の手のひらにかんざしをのせた。

晴太はかんざしの輪郭を何度も指先で撫でる。

「そのかんざしは、どこにあるの？」

「実はついこの間、公園の池に落としちゃったんだ。だから、僕のかんざしと似ているけど違うね」

翠はたっぷりと溜めたような笑顔を見せて、晴太の手を取り握りしめた。

「運命だわ」

翠の瞳は眩い輝きに満ちている。

「これは晴太のかんざしよ」

「でも、僕は池に……」

「瀬を早み　岩にせかるる滝川の　われても末に逢はむとぞ思ふ」

「どうして、その歌を？」

「隠世は水や鏡など姿を映す物と繋がっているの。晴太が池に落として隠世まで流れて来たんだわ」

だからこれは晴太のかんざしよ、と翠はきっぱりと言った。

「夢の中で、ばあちゃんが昔話をしてくれたんだ。このかんざしの話だよ。僕の先祖の話らしいんだ。作り話かもしれないけどね」

「どんな話？　知りたい」

翠は晴太にせがんだ。

「とある武士が夜道を歩いていると、女の人が助けを求めて走って来た。怪我をしているようで、療養させるために武士は家に連れて帰った。それからすぐに、武士は縁談が決まって祝言を挙げたんだ。でもその武士は、助けた女の人に恋をしていた。たぶん相手も同じだった。女の人はかんざし一本だけを残して、祝言の日に消えてしまったらしい」

翠は物語の中のふたりに思いを馳せた。

「その話にちなんでか、もしかしたら本当にご先祖様のものなのかもしれないけど、ばあちゃんが僕にかんざしを遺していったんだ。大切な人に渡してくださいって」

「……悲しい話ね」

「だけどご先祖様は、それからずっと後悔したんだ。あのときあの娘を追いかければよかったってね。だから、晴太も諦めたらダメだってばあちゃんに言われたよ」

晴太も翠の手を取った。

その手は力強く、翠は生命力を感じた。手からじんじんと伝わってくる。

「ありがとう、僕のためにこの世界へ来てくれて」

翠は、人間を助けるために現世へ来た選択は間違っていなかったと強く確信した。

人間は悪い人ばかりではない。晴太のように、いい人もいる。こんな私で助けられるのなら、力になりたい。このまま見殺しにはできない。

「僕は翠が助けたいと思ってくれただけで、嬉しいんだ。翠が来てくれるまで、この世界はなんて残酷なんだろうって思っていた。神様なんていないし、僕はとことん運に見放されてしまったんだって思ったよ。だけど、別の世界からわざわざ僕を助けにやってきてくれた翠は、僕にとって恩人だ。それだけで十分、僕は救われたよ」

「お礼はまだ早いよ。私は晴太を助けるためにここへ来たのに。絶対に、最後まで諦めたりしない」

翠はそう言って、晴太の手を強く握り返した。

この条件は初めから実現不可能だった。晴太にはもう愛する人がいる。鬼灯様だって、現世の晴太たちの事情なんて知るはずがない。それならばもう一度、鬼灯様にお願いしに行こう。それしかない。

翠は急いで焼きそばを口いっぱいに放り込んで、ごくりと飲み込んだ。

「晴太の好きな人をここへ呼んで。今すぐにでも、このかんざしを渡さなくちゃ」

勢いよく立ち上がり、翠はあたりをきょろきょろと見回す。

「……え？　どこへ行くの？」

晴太は予想もしていなかったのか、翠の言葉に驚いているようだった。

「ちょっと待ってて！　私、行くところがあるの！」

「そんなに慌てたら危ないよ」

人ごみの中をかき分ける翠の様子を見て、晴太は窘《たしな》める。

「あ！　ちょっと待って！」

翠はもつれそうな足取りで晴太の前へ戻る。

「このかんざしを私に貸してほしいの。必ず晴太に返すから」

「え？　かんざしを？」

いいけど、と晴太は不思議そうに首を傾げながらそれを翠に渡した。

「ありがとう！　絶対、絶対になくさないようにするね！」

そのまま晴太を一人残し、翠は再び人の海の中へと飛び込んだ。なくさないよう、かんざしは懐にしまった。

様子を窺っていた木蓮が慌てて後に続く。

「翠、どうした?」

何かを探し回る翠に、木蓮が手を引き訊ねた。

「木蓮っ!」

木蓮は隠世での普段着で護衛をしていた。きょうはお祭りで多くの人が浴衣姿なので、違和感はない。

「なんで晴太に私たちがあやかしだって話したの? 私には内緒にしろって言ったのに」

「それは……」

木蓮は何かを言おうと口を開けたが、すぐにまた閉じた。そして翠の手を握ったまま、しばらく目を伏せていた。

「おじさんっ、もう一回!」

大勢の人が振り返るほどの大声が響き渡る。翠も木蓮も言葉を飲み込み、声の方を振り返った。

金魚すくいの前でしゃがみ込み、ひたすらに一匹の金魚に狙いを定め追いまわしている人が見える。

「お姉ちゃん、まだまだ修行が足りねぇな！　そんなんじゃ、いつまでたってもすくえないぞ」

おじさんがふんぞり返って高笑いをした。

「ほら、そんなに水に浸けたら破れちまうぞ」

「うるさいな！　集中できないでしょ！」

彼女は浴衣の袖をまくり、ぽいを振り回して怒鳴っていた。

「……夏菜？」

木蓮が熱気立つ背中に声をかけた。

「え？」

振り返った彼女――夏菜は、髪を振り乱し額に玉のような汗をかいていた。

「木蓮？」

「何をしている、そんなに目を血走らせて」

木蓮と夏菜が親し気に話している様子を、翠はきょとんとした表情で見つめていた。

「見たらわかるでしょ。金魚をすくってるの」

夏菜は逃げ回るように泳ぐ金魚たちを指さす。

「なぜ、そんなに必死で金魚をすくっているんだ？」

「うるさいわね、あんたも」

「……こちらは、どなた？」

翠は黙ってふたりの会話を聞くことができず、つい訊ねた。自分が透明になった気分だった。

「ああ、これは夏菜。晴太の……婚約者だ」

木蓮はやや俯きながら紹介した。え？　と翠は首を傾げる。

「元、婚約者だけど」

唇を尖らせ、夏菜は訂正した。そして捲《まく》った袖から伸びた腕で汗を拭う。その瞬間に、薬指にはまる指輪がキラッと強く光ったのを翠は見逃さなかった。

「その指輪……」

翠が指さすと、夏菜の顔が先ほどから狙っていた金魚のように真っ赤になる。夏菜はさっと後ろに手をまわして隠した。

晴太の愛する人は、この人だ。

翠は電流を全身に感じた。ビリビリとつま先から頭の旋毛《つむじ》まで電流が駆け抜けていく。この人が、晴太の好きな人。大切な人。愛する人。晴太がうっとりと見つめた視線の先にいた人。

そう思うと同時に、翠の瞳からすーっと一筋の涙が流れた。

「翠、どうした」

頬から零れ落ちると同時に真珠に変わる。木蓮は翠の涙を手のひらですくった。翠は慌てて涙を浴衣の袖で拭う。

「どうしてその……金魚を？」

翠は夏菜に訊ねた。

「私から、プロポーズしたいの」

「プロポーズ？」

翠はすぐに訊き返す。夏菜は恥ずかしそうにこめかみを掻いて、ふーっと深く息を吐いた。

「晴太が私に、金魚をすくって想いを伝えてくれたの。だから、今度は私からちゃんと想いを伝えたい。そのためにも、この子をすくいたいの」

夏菜が指さしたのは、赤くて大きな出目金だった。

「この子を、それですくうの？」

ぽいにはすでに大きな穴が開いていた。

「あー！　木蓮が声をかけるから、破れちゃったじゃない！」

夏菜が「もうっ」と木蓮の肩を軽く叩く。

「俺のせいにするな！　お前が下手くそだからだろ！」

木蓮が怒鳴る。

「その……ふたりはなぜ知り合いなの？」

翠にはふたりがずいぶん仲良しに見えた。これまで木蓮が誰かと親密に話す姿は一度も見たことがない。

翠は心の中がざらつくのを感じた。

「話せば長くなる。また後で話そう」

木蓮はすぐには答えなかった。翠は木蓮を見るが、さっと目を逸らされる。

「おじさん、もう一回！」

夏菜は新しいぽいをもらうと、金魚たちを睨みつけて一呼吸した。

「まだまだだな。それじゃ、獲物にも逃げられる」

木蓮は夏菜の様子を見てふっと笑った。

「何よ、だったらあんたが取りなさいよ」

「なぜ俺が取らなくちゃいけないんだ」

木蓮と夏菜は喧嘩しているような口ぶりだが、翠にはただ仲良くじゃれ合っているようにしか見えなかった。いつも冷静で真面目な木蓮が。しかも、人間の女の人と。

夏菜はまた金魚の方を見て、慎重にゆっくりとぽいを水の中に沈めた。金魚の真下にぽいをくぐらせ、狙いを定めると一気に引き上げる。

「あーっ！　また失敗！」

金魚の重みに耐えきれず、ぽいに穴が開く。

「俺にも」

木蓮はおじさんに向かって手を伸ばした。

「金はお前が払え」

「……しょうがないわね」

夏菜は懐から小銭を取り出し、木蓮の分を払う。

ぽいを受け取ると、木蓮は水の上から金魚たちの様子を窺った。その目はまさに猫の目だった。

夏菜が狙っていた丸々とした赤い出目金に狙いを定め、水の中にぽいをあまり浸さないよう素早くすくい上げる。しかし、勢いが強すぎたのか木蓮のぽいにも大穴が開いてしまった。

「あんただって、大きなこと言う割に下手くそじゃない」

夏菜が笑い飛ばす。それに対して、木蓮は悔しそうに鼻を鳴らした。

「……晴太のこと、そんなに好き？」

翠は夏菜に向かって訊ねる。

「どうしても、この金魚をすくって想いを伝えたい？」

夏菜はすぐに真面目な表情になって「うん」と大きく頷いた。

「誰にも、渡したくないって思う？」

その問いに、夏菜はもっと大きく頷いた。

翠は少しだけ表情を緩めると、屋台のおじさんに「私にもやらせて」と手を出した。横から木蓮が代金をおじさんに支払う。

「おう！　やってみな！　ただ、そいつをすくうのは大変だぞ」

おじさんはにたりと意地悪な笑みを見せる。でも翠は鼻の穴を膨らませ、ぽいを強く握りしめると、水面に顔を近づけた。

「夏菜さん、」

「……何？」

突然名前を呼ばれ、夏菜は身体を強張らせる。

「この子をすくったら、晴太がすくった子と同じ水槽に入れてあげてください。寂しくないように」

翠はそう言ってから、金魚たちに何かを囁いた。先ほどまで金魚たちが自由に泳ぎ回っていたはずが、一匹残らず翠の方を見つめ動きを止めた。

「何、どうなってるの？」

夏菜がごくりと生唾を飲み込んだ。

浮かぶ小さな器をそっと指で撫でると、夏菜がずっと追いかけまわしていた赤い出目金が自ら水面を飛び出し、器の中へ飛び込む。

「これはいらなかったわね」

そう言って、翠はぽいをおじさんに返した。

「どう……なってんだ」

おじさんは頭を掻きむしる。

「運がいいねぇ、お嬢ちゃん」

おじさんはしぶしぶ、器に入った金魚を透明な袋へ流し入れた。

「そうかもね」

翠は嬉しそうに金魚を受け取る。そして、夏菜に差し出した。

「この子を、よろしくお願いします」

夏菜は金魚を受け取り「ありがとう」と礼を言った。

「早く晴太に想いを伝えて」

「……でも、私は晴太に拒まれてるから、上手くいくとは限らないよ」

「ここまで来て怖気《おじけ》づいたのか」

木蓮が揶揄うように言った。

「それは、あんたも同じでしょ」

夏菜の言葉に「しっ！」と木蓮は慌てた様子で指を立てた。

「大丈夫」

翠は夏菜の背後を指さした。夏菜が振り返ると、そこには晴太がいた。

「夏菜……」

人ごみの中から、晴太はまっすぐに夏菜を見つめていた。翠が見たあの瞳を夏菜に向けている。

「どうして、ここに？」

「ど、どうしてって……」

夏菜は手の中にある金魚を見つめて、大きく息を吐いた。

「晴太に、どうしても伝えたいことがあって」

夏菜は晴太に金魚を差し出した。怖いのか、ぎゅっと強く目を瞑《つぶ》って差し出したまま固まっている。

「……これは？」

晴太は首を傾げた。

「晴太と、一緒にいたい」

夏菜はぶっきらぼうに言った。

「私、本当は知ってたの。晴太がずっと私のことを想ってくれてたって。高校の卒業式でボタンを渡してくれたときも、成人式のときも……。晴太がディーラーになったって聞いて、わざと母と一緒に店に行ったの」

固く閉じた夏菜の瞳から涙が溢れる。

「結婚してくれなくてもいい。恋人に戻れなくてもいい。ただ、一緒にいられたらそれでいいの」

翠は静かにふたりの様子を見守っていた。だが、木蓮は翠の手を引き、晴太と夏菜から少し離れた。晴太と夏菜はあっという間に人の波に飲み込まれる。

「今は、ふたりだけにしてやろう」

「……そうね」

翠はさっと掴まれた手を離した。

手のひらが熱い。じっとりと汗をかいている。

「木蓮、私は怒ってるの。どうして、晴太に私たちのことを話したの？」

翠は先ほどの話に無理やり戻した。木蓮はまた押し黙る。

「晴太が謝ってきたんだよ、これ以上嘘はつけないって。私を騙そうとしたって。晴太はそんな人じゃないよ。ちゃんと説明して」

翠は木蓮を問い詰めた。木蓮はバツが悪そうに俯く。

「俺が、晴太に言ったんだ。翠に好きだと言えば病を治してもらえると」

「どうしてそんなことを？」

「翠には、この世界がいかに危険なところかわかってもらいたかったんだ。自分のために翠を利用する人間がいるってことを」

それを聞いて、翠の顔がみるみるうちに赤く染まっていく。

「晴太を悪い人間だと思わせようとしたの？　どうしてそんなひどいことを……！」

翠は大声で木蓮に怒鳴った。木蓮はただ「申し訳ない」と繰り返す。

「俺が間違っていた。晴太は悪い人間ではない。それとはかけ離れすぎている」

「そうよ！　それに、晴太にはもう想う人がいるっていつから知ってたの？」

「いや、まぁそれは……割と早い段階で気づいていた」

「どうして教えてくれなかったの？　夏菜さんのことだって、教えてくれなかったじゃない。木蓮がそんなことをするなんて、信じられないっ」

大嫌い！　と翠は木蓮をその場に置いて歩き出す。

「翠っ！」

木蓮は再び翠に手を伸ばし、強く腕を引っ張った。

「だから俺はっ……」

「離してよ！」

翠は木蓮の腕を振りほどこうともがく。だが木蓮の力には勝てず、ただ暴れるだけだった。

「救急車を呼べ！」

金魚すくいのおじさんの太い声が響いた。なんだ、なんだと人々が一点を見つめている。その場の空気が強張るのを感じた。翠も木蓮も息を呑む。

「何事だ」

木蓮が人をかき分けて声の方へ進んだ。翠も慌ててその後ろに続いていく。

なぜだろう、嫌な予感がする。

翠は心の中が波立つのを感じていた。

人ごみをかき分けてたどり着いた先にあったのは、車椅子から落ち地面に倒れ込む晴太と、それを必死で支える夏菜の姿だった。

「……晴太っ！」

晴太は苦しそうに息をしながら、胸の辺りを押さえていた。

「どうしたの？　苦しいの？」

翠は晴太の横に駆け寄った。ぜぃ、ぜぃ、と荒い息が聞こえる。翠が晴太の服を捲ると、柔らかいはずの腹部が硬い。急激に結晶化が進行していた。

「どうして、こんなに急に……」

夏菜は晴太の身体を支えているものの、青ざめた顔で茫然としていた。

「夏菜さん……？」

呼びかける翠の声は、届いていないようだった。

「おい、誰か救急車を呼んだか？」

金魚すくいのおじさんが声をかけると、その場にいた男性が「今、こちらに向かっているそうです」と答えた。

「夏菜っ！」

木蓮が夏菜の肩を強く揺さぶった。

「お前がしっかりしないで、どうするんだ！」

はっと夏菜は大きく瞬きをする。

「夏菜さん、私が必ず晴太を助けます。そのためにも、今すぐ行かなければならないところがあります。どうか、私が戻るまで晴太をお願いします」

「助けるって……どうやって」

今にも泣き出しそうな夏菜に、翠は微笑んだ。

「大丈夫。晴太は絶対に死なせない」

翠はそう言って立ち上がると、また人の波の中へ飛び込んだ。木蓮は慌てて翠を呼び止める。

「翠、ちょっと待て！」

「待てない！　そんな時間はないわ！」

大声で叫ぶ翠の腕を木蓮が強く引いた。

「翠にとって、たったひとつの恋を大切にしてほしい」

翠は歩みを止め、木蓮の方を振り返る。

「なんの話をしてるの？　それどころじゃないって言ってるじゃない」

木蓮は懐に手を入れ、何かを取り出すと翠の強張る手にそれを押し付けた。手のひらを見ると、きのう翠が欲しいと言い出せなかった人魚のガラスがあった。

「これ……どうして？」

「ずっと見ていただろう、喉から手が出るくらい欲しそうに。現世へはそう簡単に来られない。おそらくこれが最初で最後だ。だから、翠の欲しいものをせめて買っておきたかった」

赤い提灯に照らされて、手の中のガラスがキラキラと輝いていた。夜の海に浮かぶ人魚は綺麗だったが、きのう見た時よりももっと悲しそうな表情に見えた。

「行くんだろう、鬼灯様のところへ。晴太を助けるために」

行け、と木蓮は翠の背中を強く押す。

「え、でも、木蓮は……？」

「俺は夏菜とここで待つ。翠はもう、ひとりでどこへでも行ける」

木蓮はそう言い残し、翠に背を向けた。「待って」と手を伸ばそうとしたが、木蓮は人ごみの中に吸い込まれるように消えていった。

「どうしよう……」

大嫌い、なんて心にもない言葉がつい口から出てしまった。確かに木蓮が晴太にしたことは許せない。でも、だからといって木蓮を嫌いになったりしない。木蓮を責め立てるつもりはなかったのに、きつい言葉を投げつけてしまった。

翠は木蓮が行った先を見つめつつ、頭を振る。

ダメだ。今は晴太が先だ。

水でも鏡でも、なんでもいい。今すぐ鬼灯様のもとへ戻らなくては。

どこかに水はないのか、と探す翠の目の前にヨーヨーすくいの文字が見えた。子どもたちが色とりどりのヨーヨーをすくい取ろうとしている。

「ずいぶん浅い水だけれど、あれでもきっと大丈夫」

翠は鬼灯の姿を思い浮かべた。閉ざされた城の中から満開の桜を愛《め》でる、悲し気な瞳を。

鬼灯からもらった鬼灯の実は、袖の袂に入れていた。取り出すと、ぼんやりと橙色に光っている。祭りの提灯と同じ色だ。

翠は鬼灯の実を胸の前で握りしめ、ヨーヨーすくいの小さな浅い水めがけて走り、地面を蹴飛ばして空中を駆ける。周囲の子どもたちが茫然と翠を眺めていた。翠は空を飛ぶように水の中に飛び込んだ。

バシャン！　と大きな水音と共に、翠は水の奥深くへと引き込まれていった。

何かが割れる音と共に、翠は床に転がり込んだ。痛い、と思って手元を見ると鏡の破片があちこちに飛び散っている。鏡の中を通って隠世へ帰って来たのか、とすぐに理解した。

立ち上がると腕からぽたぽたと血が落ちる。

「ずいぶんおてんばな姫だな」

翠は声がした後ろを振り返る。鬼灯が割れた鏡の破片を手で拾い上げ、割れた鏡に自分の姿を映した。

「鬼灯様、申し訳ございません。鏡を割ってしまって……」

すぐさまその場で正座し、頭を下げる。

「鬼灯様！　何事ですか！」

鬼たちが城全体を大きく揺らすほどの足音を立て、鬼灯のもとへ駆けつける。だが鬼灯は冷静に「客人だ」と答えた。

「下がれ。ふたりだけにしろ」

鬼灯の倍の大きさの鬼たちが次々に頭を下げ、扉の奥へと戻って行く。

鬼灯は懐から手拭いを取り出すと細く手で裂き、血がしたたり落ちる翠の腕を取り止血した。

「そんな、鬼灯様の手拭いが……」

「我々にとっても貴重な血だ。無駄に流すわけにはいかないだろう」

そう言って、翠を見つめた。鬼灯と目が合うと、翠は知らず知らずのうちに紫色の瞳に引き込まれていた。

「ありがとうございます」

つい見入ってしまい、慌てて礼を言う。

美しい方だ。百鬼夜行で初めて見たあの瞬間もそうだった。鬼灯様の美しさはこの世のものとは思えない。しかし、その瞳はとても寂し気だ。それに、紫色の瞳の中に恐怖が混ざっているようにも見えた。

「猫の護衛はどうした」

「木蓮はまだ現世です。私だけ、鬼灯様にお会いするため一度戻って参りました」

翠は手の中にあるガラスの人魚が割れていないことを確認すると、ほっと胸を撫で下ろした。それからなくさないよう、壊さないよう袂にしまった。

鬼灯は拾った鏡の欠片を片手に、都を見下ろす。現世とは違ってきょうも満開に咲く桜の花びらが優雅に舞っている。

「なぜ、ひとりで戻った？」

鬼灯の長い髪が夜風に揺れる。桜の花びらがひらひらと城の中へ入ってきた。

「鬼灯様、星野晴太にはすでに心に決めた人がいました。なので、晴太が私と恋に落ちるのは初めから不可能だったのです」

「心に決めた者がいたとは」

懐から金色の扇子を取り出し、勿体《もったい》ぶった様子で開く。優雅に煽ぎながら鬼灯は目を細め、翠の次の言葉を待っているようだった。

「それで……条件なしで、星野晴太を助けることにお許しをいただきたいのです」

鬼灯はしばらく何も言わず、ただ都を眺めていた。鬼灯が扇子で煽ぐと、お香のいい香りがした。

翠は何も答えない鬼灯にもう一度「どうか、お願い申し上げます」と言い、深々と頭を垂れた。

「人間は、嘘をついていたのではないか？」

鬼灯はそう言って、翠の方に向き直る。

「人間は自分さえよければ、誰が傷つこうと構わないのさ。自分勝手な生き物だ」

「あの、お言葉ですが、晴太は心優しい人間です。初めて会ったのに、私や木蓮によくしてくださいました」

「それは、特別な力を持つ金魚の姫がいるからだよ」

ふふ、と小さく笑う鬼灯の声が扇子の向こうから聞こえた。

「そもそも、私は人間を助けるためにお前たちを行かせたのではない。人間がいかに嘘つきで、残酷な生き物なのかを知ってもらうために行かせたのだ。人間が翠の力の存在を先に知れば、助かりたい一心で嘘をつくだろうと見抜いていた。その通りだっただろう？」

「で、でも、晴太は嘘をつき通しませんでした。私に正直に話してくれました」

慌てて翠は鬼灯の言葉を訂正する。

「木蓮が晴太を唆《そそのか》しただけです。晴太にはできませんでした」

「木蓮を恨むな。私が木蓮に頼んだことだ。私はどうしても、翠を守りたかったのだ」

「私を……守る？」

木蓮は鬼灯様からの指示だとは言わなかった。自分が悪いとただ謝っていただけだ。翠は木蓮の言葉を思い出していた。

「すべて翠のためだ。人間を好きになるなど間違っている。忘れてしまうのが一番だ。恋も、人間も」

晴太は確かに嘘をついていた。だが、翠にとってそんな嘘はどうでもよかった。むしろ、嘘をついてでも助かりたいという気持ちは、翠にはよくわかっていた。つきたくてついた嘘ではないから、晴太は私に謝って来たのだ、と。

「星野晴太に対する気持ちは、私にとって本物の恋ではないとわかりました」

その言葉に、鬼灯は「ほう」と面白そうに笑う。

「それでは、金魚の姫の言うたったひとつの恋とはなんだ？」

「夏菜さんは、晴太を誰にも渡したくないと言った。でも私は、そんな夏菜さんを前にして晴太を渡したいと思った。ふたりに幸せになってほしいと思った。晴太と夏菜さんが上手くいくことを、願ってしまった……」

翠は自分自身に話しかけるように答えた。

「本当の恋は……いつも近くにありました。いつもそばにあるから、私はずっと気づきませんでした」

翠は鬼灯の机の下に転がる小瓶に目をやる。

「風のうわさで、恋を忘れられる妙薬があると聞きました。桜の花びらのような美しい色をした飲み薬で、それを飲めばどんな恋でも忘れ去ることができると」

すると鬼灯はふっと息を漏らすように微笑み「それはすごい妙薬だな」と答えた。

「ご存じですか？」

「ああ、もちろん」

鬼灯は頷く。

「知っているとも。私が、その薬を作っているからな」

「……鬼灯様が？」

鬼灯は細かな桜模様が彫り込まれた戸棚から、薄桃色の液体が入った小瓶を取り出した。

「その本当の恋とやらは、成就したのか？」

「いいえ。この先どうなるのか、私の恋物語の結末はまだわかりません。でもおそらく、私の恋は叶わないでしょう。私たちは、本来主従関係ですから」

「だから、恋などするものではないな。金魚の姫よ。その恋、忘れたくはないか？」

そう言って薄く笑いながら、鬼灯は翠に小瓶を差し出した。

「誰のために、この薬を作られたんですか？」

翠は首を傾げて訊ねる。

「誰のため？」

鬼灯は「簡単な質問だな」と鼻を鳴らす。

「皆のために作ったのだ。この隠世の者たちがもし恋をしたとしても、簡単に忘れられるように」

「それは、嘘ですよね？」

「……なんだと？」

翠は床に転がる瓶を指さす。

「この薬は、鬼灯様が自分のために作った薬ではないですか？」

床に転がる小瓶を拾い、翠は鬼灯に向けた。鬼灯は慌てた様子で翠に背を向ける。

翠は自分の胸に手を当てた。

「本当の恋に気づいたら、急に不安になりました。相手がどう想っているのか。このあたりが痛むのです」

心臓がどくんと激しく脈を打ち、身体はふわふわと水中を漂う感覚だった。

「銀治さんの話は本当ですよね？　鬼灯様は人間に恋をした。だからそんな悲しい表情をされるのでしょ？　ここが痛むんでしょ？」

鬼灯は背を向け黙ったままだった。

「恋とは時に痛みを伴います。ですが、痛いから苦しいから悲しいからと言って、忘れることはできないのです。たとえどんなに強い薬でも、忘れさせることはできないのです」

晴太が言った「恋なんて素敵なものじゃない」という言葉が翠の中で響く。その時の晴太は痛みを堪えているように見えた。初めて百鬼夜行で見た鬼灯様も同じ。傷つき、悲しんでいる表情だった。

「五十年ばかりしか生きていないお前に、恋が何かなんてわかりもしないだろう。恋はな、苦しいものだ。地獄の業火に身を焼かれるほどに苦しいものなのだ。そんなもの、はじめからしない方がよい。お前の両親もそう言うだろう？」

恋はおとぎ話だ、と翠は両親から何度も言い聞かせられてきた。それでも、あるかどうかもわからない恋の存在を、翠は信じていた。晴太も鬼灯と同じことを言った。恋は残酷で傷つけてくると。でも、それだけではないと今の翠にはわかる。

「私は一生、地獄の業火に焼かれ続けたっていいです。私のたったひとつの恋は、もうちゃんとここにありますから」

「恋など無意味だ。ただ傷つくだけのことを、なぜ喜んでしたいと思う？　金魚の姫は恋に恋い焦がれているだけ。恋は病と同じだ。忘れて治す他ない」

そう言った鬼灯の横顔は、痛いほど悲し気で美しかった。

鬼灯の言葉と共に、強い風が城の中を吹き抜けた。桜の花びらが舞い上がり、鬼灯の周りを取り囲んでいる。

ああきっと、鬼灯様は長い年月が経った今でも恋をしているのだ。そして、今も苦しんでいる。その人間はおそらくもうとっくの昔に死んでしまっていて、二度と会うことはできない。だから忘れてしまいたいのだろう。忘れられたら、楽だから。

どんなに辛い恋物語だったとしても、恋を忘れたいなんて絶対に間違っている。私たちあやかしは一生に一度しかできないのかもしれないが、私の恋は、私だけのもの。他の誰かに左右されたりはしない。私が自分で決めるものだから。

翠は両手を力いっぱい握りしめた。心の中からどっと想いが噴き出して来るのを感じた。身体中が熱い。

「私は、好きになった誰かを忘れたいなんて思いません！　どんな恋だって、それはたったひとつの大切な想いなんです！」

翠はそう叫ぶように言って、鬼灯を真っすぐに見つめた。そして鬼灯の手のひらから小瓶をもぎ取って蓋を開け、中身の液体を一気に飲み干す。

鬼灯は目を大きく見開いて翠を凝視している。

一滴も残さず飲んだ翠は、瓶から唇を離した。

「いつまで自分の気持ちを偽るおつもりですか？　鬼灯様は、人間に恋をした。それは紛れもない真実です。たとえ記憶から消し去ったとしても、その事実は消せません」

「……知った風な口を利くな」

鬼灯がつり上がった瞳を翠に向ける。しかし翠は怖気づく様子もなく、そのまま鬼灯に言葉を投げかけた。

「私はこの恋を忘れたくありませんし、忘れるつもりもありません。私は自分の気持ちに正直に生きていきたいのです」

「その恋物語が良い結末とは限らない。この先、長い時間の中でそれがたったひとつの恋だったとしても、同じことが言えるか？」

「それが私のたったひとつの恋ならば、なおさら忘れるわけにはいきません！　たとえ、悲しい恋物語だったとしても……！」

翠は瓶を床に投げつけた。

「私は、絶対に木蓮を忘れません！　忘れられるはずがないんです！」

翠は本気だった。鬼灯は翠の気迫に押されてか一歩後退《あとずさ》る。そしていつもの鬼灯にしては弱々しい笑顔を見せた。

ふらり、と翠の身体が傾く。

「どうした」

鬼灯が首を傾げる。翠にはその姿が霞んで見えた。

「おい――」

翠は膝をつき、そのまま床に倒れ込む。鬼灯は倒れた翠の身体を持ち上げ、揺さぶり起こそうとした。


聞こえるか、金魚の姫よ――


翠は暗闇の中を泳いでいた。どの方角を向いても、光はない。遠くで自分を呼ぶ声が聞こえる。だが、どこからだろうか。わからない。

だんだんとその声も遠退《とおの》いていく。

晴太、晴太。

翠は必死に心の中で晴太を呼び続ける。

早く助けに行かなくては。晴太が死んでしまう。

それなのに、浮かんで来る姿は木蓮だった。自分の身体から一枚一枚鱗が剥がれ落ちるように、木蓮との記憶が離れていく。

「待って！　行かないで！」

暗い水の中に、木蓮との記憶が落ちていく。

翠は何度も手を伸ばし、記憶の欠片をかき集めようともがいた。必死に掴んでも、手のひらから擦り抜けていってしまう。

木蓮の太陽のような温かな匂いや優しさも、なんとなく過ごしていた当たり前の毎日も、全部消えてなくなる。

こんなにもたくさんの思い出が私の中にあったのか、と輝く記憶の欠片たちを眺めながら翠は涙を流した。

「木蓮と過ごした日々が剥がれ落ちてしまう。そんなの、嫌だ。絶対に――」

剥がれていった記憶を翠は全て手繰《たぐ》り寄せた。小さな赤子をあやすように胸に抱く。記憶の欠片がひとつずつ力強く光り輝き、翠の全身を包み込んだ。温かく、安心する優しさだった。そっと瞼を閉じると、記憶の欠片は翠の中へ入って行った。

――私は絶対、絶対に忘れたりしない！

桜の花びらが一片、舞い踊る。一瞬時が止まってしまったかのように、ゆっくりと花びらは舞っている。

翠の目の前には心配そうにのぞき込む鬼灯の顔があった。紫色の宝石のような瞳に自分自身の姿を見る。

「鬼灯様……」

翠は鬼灯の腕の中だった。甘く優しい桜の香りが漂う。

「鬼灯様の胸の中にいる方は、どんな力でも消せません。だって……その方はもう、鬼灯様の一部なのですから。私にとって、木蓮も同じです」

「馬鹿な、忘れていないと言うのか……」

翠は大きく頷き、微笑む。

鬼灯は一瞬驚いたように目を大きく見開いたが、すぐに柔らかい表情を浮かべた。

「無茶をする」

白い指先が翠の頬を撫でる。くすぐったくて、翠は目を細めた。

「金魚の姫が恋した相手は、あの猫の護衛だったか」

鬼灯は愉《たの》しそうに笑う。

「生まれてからずっと一緒だったというのに、この気持ちに気づくまでずいぶん時間がかかってしまいました」

翠は剥がれ落ちそうになった記憶の欠片のひとつひとつを思い出す。自分の中は木蓮との思い出でいっぱいだった。

「それでもよいではないか。お互いに惹かれ合っているのならば」

「お互いに……惹かれ合う……？」

不思議そうな顔をする翠に、鬼灯はまた笑った。

「なんだ、木蓮の気持ちに気づいてすらいないのか」

「そ、それはどういう意味ですかっ」

身体を起こそうと力を入れるが起き上がれず、鬼灯の膝の上に頭を乗せたまま翠は鼻息を荒くした。

「誰が見たって明白だ。あの猫の護衛はお前に惚れている。だが、あいつも自分の気持ちに気づけずにいるようだがな」

翠は鬼灯の言葉に頬がみるみるうちに赤く染まっていく。

木蓮が私に？　そんな、信じられない。

「主従関係だと言ったが、木蓮の行動はそれをはるかに超えている。恋していなければ、現世へ行くお前をなんとしても止めるだろう。お前の我儘に付き合ったりしない。護衛という仕事だからな」

だがわからない、と鬼灯は続けて翠に訊ねる。

「なぜお前は星野晴太を助けたい？　恋する相手でもなかったのに」

「晴太の家に昔から伝わる話を聞きました」

翠は懐からかんざしを取り出す。

「この……蒔絵かんざしは……」

鬼灯は目の前に出されたかんざしに見入っていた。

「このかんざしは、晴太の家で代々大切にされているものなのです」

翠はそう言って、かんざしを胸に抱いた。

「昔、ある武士が怪我をした女の人を助け、武士も助けられた女の人もお互い恋に落ちたそうです。でも、武士のところに縁談が来て断れず、ふたりは一緒になれなかった。そして祝言の日に、女の人はかんざしを一本残して消えた。あのとき、彼女を追いかければよかったと武士は後悔したんです。だから晴太はその武士のように、後悔しないように生きようとしている。私もそうでありたいんです。晴太を助けられなかったら、私は一生後悔し続ける」

だから諦めません、と翠は強く言い切った。

「晴太には、このかんざしを渡したい特別な人がいるんです。生きなくちゃいけないんです」

翠の頬にぽたりと雫が一滴落ちる。暖かくて柔らかい。

見上げれば、目を細めて優しく微笑みながら涙を流す鬼灯の顔があった。

「人間の命とは、現世の桜の花と同じくらい短いのだな」

強い風が吹き、鬼灯の銀色の髪が徒に乱された。桜の花びらが無理やり飛ばされ、隠世が一気に薄桃色に染まる。城の中まで花びらが入り込み、一瞬目の前が何も見えなくなった。

「ありがとう」

鬼灯の言葉と同時にぴたりと風は止み、桜の花びらが舞う。

鬼灯の泣き顔があまりにも美しすぎて、翠は瞬きも呼吸もうまくできなかった。この美しさを表現する言葉を、翠は知らない。

「さぁ、参ろう」

鬼灯は翠の手にあったかんざしを取り、翠の髪に挿す。

「……え？」

「そのかんざし、返してやらねばならないのだろう？」

そう言って、鬼灯は翠の身体を起こす。

「参ろう、現世へ」

第五章　鬼灯武士

あやかしとは暗闇に潜むもの。光の下を生きる人間とは異なり、闇の中でひっそりと息をする。人間にとってあやかしとは実に不可思議な存在だろう。

鬼灯が隠世を創って二百年になる。完全に移り住んで百五十年。隠世は昔と少しも変わらなかった。

人間の世界は日々変化してゆく。あやかしたちにとって人間の変化は目覚ましく、短い期間でも恐ろしいほどに移り変わる。人間たちの取り決めはころころと変わり、建物が変わり、乗り物が変わり、人々の暮らしも変わる。森はだんだんと失われ、海は埋め立てられ、砂利の道はどこまでも平らで硬い。今の現世はもう、あやかしが暮らすのは不可能だ。

人間から隠れるための世。それがこの隠世だ。生きた人間は絶対に入り込めない場所。隔離されたあやかしたちだけの世界。

鬼灯は、二百年以上変わらぬこの隠世の世界を、高い城の頂上から見下ろしていた。ここが私の理想の世界なのだ、と。

古き良き時代があった。今の現世とは違う、鬼灯が愛した時代だ。それが今もここに息づいている。今を生きる現世の人間は、全く知らない風景だ。

「今宵も桜が美しい」

鬼灯は都に群がるあやかしたちを見つめながら、風に舞う桜の花を愛でていた。

現世の悲しみがこの世界の花を色づかせる。隠世ではそんな噂が飛び交っているという。あやかしは人間を恐れ憎み嫌いつつも、いつの世も人間に興味を抱いていた。隠世があやかしにとって最良の場所であり、現世は忌み嫌うべき場所だと鬼灯は思っている。それを証明するためにも、現世の悲しみがこの世界の花を色づかせているという噂は好都合だった。この二百年間、ずっと桜は狂い咲いている。

「私の悲しみが、隠世の花を色づかせているのにな」

美しくも悲しい桜の花たちは、鬼灯にとって宝だった。城に咲く鬼灯も同じだ。橙色に染まる鬼灯は、鬼灯の心の中にもずっと実っていた。

――なぁ、恭一郎《きょういちろう》。

鬼灯が独り言のように放った一言は、しんと大きな城の中に響くだけだった。

◇

今の現世とは違い、その当時はまだ自然が豊かだった。あやかしたちは森や山奥の暗い場所に身を隠し、潜んでいた。

あやかしにもいろんな者がおり、決して皆が人間を喰らうわけではない。人間にとって無害なあやかしも大勢いた。ただ暗闇に隠れて、人間を脅かし遊ぶあやかしもいた。

鬼灯は、あやかしの中でも上位に君臨するほどの力の持ち主だ。幻術にかけたり、人間を惑わせたり、何かに化けたりするのは得意中の得意だった。

鬼灯はいつも人間の姿に化けて暮らしていた。幾度か人間と暮らした経験もある。夫婦の誓いを交わしたことだってある。人間の男は、鬼灯の美しさに心奪われてしまうのだ。だが鬼灯は一度も恋などしていなかった。勝手に人間が惚れて、そばに置いておきたくなるだけ。ただそれだけだった。

人間とは厄介な生き物だ。ありとあらゆる感情が犇めき合っている。雅《みやび》で美しい世界ではあったが、その裏にある男女の色恋沙汰は非常に面倒くさい。鬼灯の美しさを妬《ねた》み、男を取られたことを妬み、あれは物《もの》の怪《け》だと噂されるときもあった。そうすると、正体が知られる前にこっそりと身を隠した。あやかしだとわかると人間はいつも豹変した。武器を持って追いかけて殺そうとする。陰陽師だとか祓い屋というあやかし退治をする専門の人間たちも、こぞってどこまでも追いかけて来た。

それでも、鬼灯は人間に強い興味があった。感情が多すぎて面倒くさいと感じるのに、なぜか近くにいると楽しかった。男女の色恋沙汰さえなければ、暮らしていて面白い。

森の奥深くに、銀治という名のあやかしが住んでいる。銀治はぬらりひょんというあやかしで、ふらりと民家に忍び込み、何でも盗んでくる大泥棒だ。食べ物を盗み、高価なものを盗み、それで金を稼ぎ生きて来た。銀治はすばしっこく、いつの間にかそばにおり、いつの間にかいなくなっている。ふらふらとつかみどころのない男だが、時折鬼灯は銀治の世話になっていた。人間の暮らしをしたり、森に逃げ帰ったりを繰り返すうち、森に逃げたときはいつも銀治が助けてくれていたのだ。銀治が身を寄せるのはいつも巨樹の幹の隙間だった。

その当時、鬼灯には名がなかった。人間には好きなように呼ばれていた。あやかしの間で九尾の狐は、人間の近くで人間に害悪をもたらす最強のあやかしと謳《うた》われていた。人間の男を喰らい、人間に紛れて暮らしている、と。

鬼灯は、一度も人間など喰らったことはなかった。

「あやかしはな、明るみに出るべきものじゃねぇんだ」

銀治はよく鬼灯に言って聞かせていた。銀治と鬼灯は生きた年が同じくらいで、人間を間近で見る機会も多く、話が合った。

銀治も人間に化けて生活をしていた。細くて小柄な老人で、長い白髪を無造作におろし、着物はつぎはぎだらけだ。万が一人に見つかっても、人間の姿をしていればあやかしだと悟られない、と言っていた。

「あんたはなぜ、人間の近くにいたんだい？」

「私は、人間になりたかったんだと思う」

「人間になりたいだぁ？」

がはは、と銀治は大きな口で笑った。

「やめとけやめとけ。人間なんてろくな生き物じゃねぇ」

「人間が厄介なのはよくわかっている。でも、人間の生活は面白い」

本を読んだり文字を書いたり、歌を詠んだり、綺麗な着物を着たり。美味しいものだって食べられる。

「わしは人間のオイシイところだけもらえりゃ、十分だ」

「銀治って名前は、どうやってつけたの？」

「んなもん、てきとうさ。たまたま盗みに入った家のやつの名前だったかな」

そんないいかげんな、と鬼灯は歯を見せ笑った。でも自分だって、いつも名乗るときはてきとうだ。

ある日、鬼灯は森の中でひとりの子どもと出会った。迷い込んだ様子だったので、久しぶりに人間の姿でなく狐の姿で驚かしてやろうと木の陰から様子を窺っていた。九尾の姿は鬼灯の完全体だ。しかし、木の陰に身を隠せるような大きさではない。ひとまず普通の狐ほどの小さな姿に変化した。

子どもはあてもなく森の奥の方まで歩き回っていた。この近くには、人間を喰らうあやかしも多い。鬼灯は子どもを助けるべきか否か、ずっと悩み続けながら後をつけていた。

「だれ？」

川の近くで子どもは歩く足を止め、鬼灯の方を見て訊ねた。

「私はこの森の主だ。ここから今すぐ立ち去らないと、喰らってやるぞ小僧」

低い声で脅かしたつもりだったが、子どもは全く動じる様子はない。むしろ、木の陰に隠れる鬼灯に近寄ってくる。

「なぁんだ、化け物じゃないな」

子どもは狐の姿の鬼灯を見て、特別驚きもしていないようだった。その手には鬼灯を持っている。

「それは？」

「オレ、鬼灯が好きなんだ」

そう言って、着物の袖で顔を拭った。

「森の出口を知ってる？」

「ああ、知ってる」

「じゃあ、出口まで連れてってよ」

何もないから鬼灯をやる、と子どもは鬼灯をすっと差し出す。

まあ、別にいいか。ちょうど暇を持て余していたところだ。

鬼灯は鬼灯を受け取って、子どもを連れ森の出口へ向かった。

子どもは恭一郎と名乗った。森のすぐ近くにある小さな村に住んでいるのだと言う。

森の出口まで一緒に歩き、鬼灯は少し手前で恭一郎と別れた。もう二度と森へ迷い込むな、と警告しておいた。

恭一郎と出会ってから十数年後、鬼灯はまた人間に紛れて生活をしていた。空き家になった家を下調べし、ひっそりと住み着く。ここに以前住んでいた者の遠縁だと偽って、人間の生活を楽しんでいた。

夏の蒸し暑い夜のこと。夜道を歩いていると、しつこく口説いてくる男に掴まってしまった。

「いいだろ？　ちょっと相手してくれりゃあいいんだ」

振り払っても振り払っても、男の手は蔓《つる》のようにくねくねと絡んでくる。

「家で幼子《おさなご》が待っております故、どうかご勘弁を」

子持ちの女を装っても、男はなおべとついた手で鬼灯を触ろうと離れない。

しつこい奴だ。

鬱陶《うっとう》しかったので、狐の姿に戻りあやかしらしく脅かしてやった。男は腰を抜かし「物の怪だ！」と刃物で切りつけてきた。左腕をかすめ、血がしたたり落ちる。鬼灯は慌てて傷口を片手で押さえ、真っ暗な夜道を転がりながら走った。

ちょうどその頃、あちこちの村で人攫《ひとさら》いが起きているという噂があった。そのせいで、夜道を行く人の影すら見当たらない。真っ暗闇だ。

森に逃げ込もうか。しかし男はしつこく追いかけ続ける。

分かれ道へ来た。ひとつは森へ、ひとつは村へ向かう道だ。どっちへ行けばいい。森に逃げるか。

男は相変わらず追ってきているようで、足音が聞こえる。

どうしようかと悩んでいたところ、村の方から提灯の灯りが見えた。少しずつ近づいて来る。

「すみません、助けてください」

男は十代後半、二十歳ほどの青年だった。腰には刀を佩《は》いている。侍か。

「退け、そいつは物の怪だ！」

男が息も絶え絶えに走って来て、鬼灯を差し出せと青年を怒鳴りつけた。

「いえ、この方は人間です。不用意に切りつけるなど、あなたの方が物の怪の類《たぐい》ではありませんか」

助けてくれた侍はそう言って、腰の刀に手をやった。ここで一戦交えるかと思いきや、口説き男はそのまま夜の道を駆け戻って行った。

「ありがとうございます。助かりました」

お礼を言い、鬼灯が森へ逃げ帰ろうとすると、侍は鬼灯の手を引いた。

「そんな怪我のままどこへ行かれるのですか。うちで養生なさってください。すぐ近くです。最近はこの辺りも物騒ですから」

鬼灯はこのまま逃げれば余計に怪しまれると考え直し、侍の世話になることにした。

「どれ、傷口を見せてください」

侍が提灯の灯りを鬼灯に向ける。その灯りを頼りに、鬼灯も自分の傷を見た。

少し深いが、大したことはなさそうだ。こんなもの、私ならば落ち着いたらすぐに治せる。

「大変だ、大怪我をしているではありませんか。すぐに手当てをしましょう」

侍はさあ早く、と鬼灯の腕を引いた。

暗い夜の道、提灯を頼りに鬼灯はその侍の家まで歩いた。暗くてあまりはっきりと侍の顔は見えなかったが、太い眉に凛々しい目元をしていた。

「あの、お名前は……」

「井口《いぐち》恭一郎と申します」

恭一郎、と鬼灯はもう一度口にした。

それは、以前森で鬼灯を持っていたあの子どもと同じ名前だ。確かに、どことなく面影があるような気もする。だが、あれ一度きりで会っていないので表情などおぼろげだった。

「あなたのお名前は」

「鬼灯です」

「……鬼灯？」

あの、鬼灯ですか？　と恭一郎は訊ねる。

「そうです。あの鬼灯と同じ名です」

「そうですか。とてもよい名です」

恭一郎の名を聞き、鬼灯は思わず自分の名を鬼灯と答えていた。自分でもなぜだかわからなかった。勝手に言葉が出てしまっていた。

森で迷子になっていたあの子どもがこの恭一郎ならば、人の成長とはあっという間だ。すぐにもっと年老いていくのだろう。

鬼灯にとってこの十数年はさほどの年月ではなかった。だがこの青年にとっては大切な時間だっただろう。

恭一郎は下級武士で、生活は裕福ではなかった。お役目の傍ら、子どもたちに勉学を教えていた。たまたまきょうもその帰りで、いつもより遅くなってしまったのだと言う。恭一郎は、何かを察していたのか深く事情は訊ねて来なかった。鬼灯にとってそれはありがたかった。

傷の手当てを受けて、鬼灯はお礼にと家の掃除や手伝いをした。恭一郎の父はもうこの世にはおらず、母は身体が弱く床に臥せていた。鬼灯は一日いたら帰るつもりが、二日、三日とどんどん日を重ねていった。

「こんなに美しい娘さんが、こんなおんぼろ屋にいてくれるとは。本当にありがたいねぇ」

恭一郎の母は毎日そう言い、鬼灯を気に入っている様子だった。

恭一郎は庭で鬼灯を育てており、それを学び舎《や》に通う子どもたちに渡していた。その当時、鬼灯は大人から子どもまで人気の植物だった。

「私も鬼灯が大好きです」

恭一郎はそう言って、鬼灯を見てはっと我に返ったように「子どもの頃からずっと」と付け足した。

大好き、という言葉を聞いて不意に鬼灯の心臓が跳ねた。自分のことではないと頭ではわかっているのに、嬉しくてたまらなかった。恭一郎もなぜか、少し頬を赤くして頭を掻いていた。

夏の青い空と大きな入道雲。刺すように照り付ける太陽と蝉《せみ》の鳴き声。恭一郎と過ごした夏を、鼻から思いっきり吸い込み、ゆっくりと吐き出した。

叶わないとわかっているのに、鬼灯は恭一郎をうっとりと見つめながら、心の中で願った。どうか、この幸せが永遠に続きますように、と。

夏ももう終わるという頃、恭一郎に縁談が来た。昔から世話になっている家の娘さんだと言う。幼い頃からの付き合いで仲も良かったため、縁談はとんとん拍子で決まった。

祝言の日、鬼灯は一番お気に入りだった一本のかんざしを恭一郎の机の上に残し、何も言わず立ち去った。

「それで、これからはどうするつもりだ？」

久々に森へ帰ると、銀治に事情を説明した。銀治は「あんたならいつかそうなる気がしていた」と至って冷静だった。

「あやかしの恋は一生に一度だと言う。それなのに人間に恋しちまうなんて、憐れなこった」

「なぜ？」

「人間の寿命は短い。あっという間にこの世から消えていなくなる。わしたちとは生きる時間の長さが違うのさ」

そんなこと、鬼灯だって言われなくてもわかっていた。

「鬼灯さん、あんたの噂は一人歩きして、あやかしの世界じゃ一番巨悪な存在になってますぜ。その美貌も、人間の生き胆《ぎも》を喰らって保っているなんてな」

がはは、と豪快な笑い声をあげ銀治は言った。

「私も人間だったなら、あの人と一緒の時間を歩めたかもしれないのに」

「思うだけ時間の無駄さ。わしらはどう頑張ったって、人間にはなれない。暗がりを生きるしかないんだ。ここそこ隠れながらな」

銀治は恋をしているのか、と鬼灯が訊ねると、笑って「一度もしたことがねぇな」と答えた。

それからまた、時は過ぎていった。それでも鬼灯の心にはずっと恭一郎の姿があった。逢いたい。一目でいいから、逢いたい。いやでも、逢ったら今度は話したいと思ってしまうだろう。その次はきっと――。

鬼灯は数年間そうやって自分の心と葛藤しながら、銀治のもとでひっそりと暮らした。やはりもう一度だけ、これを最後にして恭一郎を一目見よう。

そう思い立ったときは、恭一郎のもとを去ってから八年の月日が経っていた。

恭一郎は相変わらずあの家で暮らしており、縁談相手と結婚し、今は子どもが三人いた。当時床に臥せていた母は二年前に他界してしまったようで、家には恭一郎夫婦と子どもしかいなかった。

さりげなく家を覗き見て、恭一郎の姿を確認すると鬼灯はまた森へ戻って行った。恭一郎は少し老けたように見えたが、別に何も変わっていない。あの日の恭一郎のままだった。

しかしやっぱり鬼灯は、一日だけのつもりが週に何度か覗きに行くようになってしまった。怪しまれないように、人目を気にしてちら、と覗き見る程度だったが、ついに恭一郎本人とばったり鉢合わせしてしまった。

「……もしや、鬼灯殿では？」

恭一郎は、目玉が飛び出して道に転がりそうになるほど目を見開いた。それもそうだ。助けてもらったのに、別れも告げず飛び出してきてしまったのだから。

声をかけられ、走って逃げようかとも考えたが鬼灯は話をする方を選んだ。

「あの日、突然家を出ていってしまい申し訳なく思っていて……」

「いや、そんなこと。気にする必要はないですよ」

「でも、ちゃんとお礼も言わずに出ていってしまったので」

恭一郎は「自分は困っている人がいたら助けてしまう性格ですから」と答える。

「鬼灯殿は、あの時とお変わりないですね」

「そんなことはないですよ。私も年を取りました」

慌ててそう返す。あやかしだと疑われていないか、心配だった。

恭一郎は「すみません、変なことを言ってしまって」と頭を掻いた。

「今はどちらにおられるのですか？」

「少し遠い町ですが、親戚がいますのでそこで」

「そうですか」

恭一郎の手には、幼い頃と変わらず鬼灯があった。

「母の墓に飾ろうと思いまして」

母も鬼灯が好きでしたから、と少しだけ悲しそうな表情で言う。

「お母様もきっと、喜ばれますよ」

恭一郎の家から元気な男の子がひとり走って来る。それに続いて女の子がふたり「待ってぇ」と追いかけて来た。どの子も、どこか恭一郎の面影があった。特に男の子は恭一郎によく似ている。太い眉や凛々しい目元。でも瞳の奥からは優しさが滲み出ている。

「まあ、ずいぶん賑やかなことで」

恭一郎が一番下の子を抱き上げる。

「いたずらっ子たちで困ります」

森で迷子になったあのときの恭一郎とも、鬼灯を救った恭一郎とも違う顔がそこにあった。父の顔だ。

「この通り、相変わらず貧乏侍ですが、元気にやっております。ありがたいことです」

人間はこんなにも短時間で表情を変えるのだな、と鬼灯は驚いた。

「お元気そうで、何よりでございます」

他愛のない会話をして、鬼灯と恭一郎は別れた。

これで最後にしよう。もう二度と、恭一郎とは会わない。いや、会ってはいけないのだ。

鬼灯は何度も心に誓い、森へと戻って行った。

その日の晩。草むらに寝転がって、大きな月を眺めていると銀治が妙なことを言った。

「鬼灯さんの想い人は、恭一郎という男じゃなかったか？」

「ええ。そうだけど」

優しく光る月の光を遮るように銀治が覗き込み、鬼灯の視界に入ってきた。

「変な話を耳にしたんだ。最近、恭一郎の家の周囲をうろついているあやかしがいる、と。そのあやかしが人攫いをしていて、あちこちの村で被害が出ている。あやかしの首を持ち帰れば、好きなだけ金がもらえると、人間たちは血眼《ちまなこ》になって捜しているようで。恭一郎という男も、一緒になって捜しているとか」

鬼灯は慌てて立ち上がり、それは何時《いつ》頃の出来事かと銀治を問い詰めた。

「今朝方、ふらっと入った家の男どもが話していたけどな」

用心していたのに、なぜあやかしだと知られてしまったのか。それとも、本当に人を攫うあやかしに恭一郎の家族が狙われているのか。どちらにしても、恭一郎たち家族は大丈夫なのだろうか。鬼灯は恭一郎の心配をしていた。

「あんたのことじゃないのかい？」

鬼灯は銀治の問いに黙る。

「まだあの男のもとへ行っていたとは。そんなに、忘れられないのかい？」

やめようと思った。でも、どうしても顔が見たかった。なぜそれがいけないことなのか。恋をしたら、気持ちを止めることはできなかった。

「村へはもう行かない方がいい。首を落とされちまう」

「恭一郎様は、そんな人間じゃない」

「貧乏なんだろ、そのお侍さんは」

銀治は人間を疑っていた。いつもふらりふらりと人間の家に忍び込んでは、ひそひそ話を聞いていた。ほとんどが大っぴらには言えない話ばかりで、信用ならない。外面《そとづら》はいいが、腹の内では何を考えているのかわからない奴らだ、と銀治は口を酸っぱくして言う。

「恭一郎様は、そんな人間じゃない」

鬼灯はもう一度同じ言葉を繰り返す。

「私にとても良くしてくださったし、それに……」

恋や愛を詳しくは知らない。でも、きっと、恭一郎は私を好いてくださっていた。私がいたあの夏のあの時は、私たちの心と心が繋がっていた。

言葉にはしなかったが、鬼灯はそう確信していた。だから、恭一郎が自分を討ち取ろうとしているなんて、微塵も思わなかった。

「その美貌だ。惚れない男はいないだろう。でもよ、一度はいいなと思った女でも、金の前じゃ人間は変わるぞ」

鬼灯は銀治の言葉に耳を傾けず、すぐさま走り出した。恭一郎に何かあっては大変だ。恭一郎の家の幼子たちも危ないかもしれない。

鬼灯は、昔恭一郎が森で迷子になっていたときに道案内した場所まで急ぐ。すると、夜も更けているのに森の前で鬼灯を呼ぶ声がした。恭一郎だ。

「恭一郎様！　こんな夜遅くに何をなさっているのですか！」

人間を襲うあやかしと遭遇したら大変だと思い、鬼灯は慌てて暗闇から飛び出した。

「それは……鬼灯殿も同じです」

なぜこの森にいるのですか、と恭一郎は訊ねた。

「最近、人攫いの事件が後を絶たない。幼い子どもばかり狙われている。心配で見回りをしていました」

恭一郎は提灯を持たず、暗闇に溶け込むように佇《たたず》んでいた。灯りはなくても、鬼灯には恭一郎の表情がはっきりと見えた。いつもの柔らかい表情ではない。鋭い視線が鬼灯を刺す。

「……それならば、なぜ私の名をお呼びになったのですか」

鬼灯は静かに訊ねた。

「鬼灯殿は……物の怪か？」

恭一郎の手が、微かに震えている。

ああ。恭一郎様は、私を物の怪と疑うのか。

恭一郎の目に力が入る。

「私が物の怪なら、それならどうするというのです？　殺しますか？　首を持ち帰りますか？」

鬼灯は薄っすらと笑みを浮かべた。

腰にある刀に、恭一郎の手が伸びた。鬼灯はその瞬間を見逃さなかった。

人間というのは、腹のうちでは何を思っているのか本当にわからない生き物だ。私は騙されていた。恭一郎という人間に。銀治が正しかった。

「……人間を攫って、喰らうのか？」

その一言に、鬼灯は胸のあたりが強く痛むのを感じた。誰かに心臓を掴まれたまま、引きずり出されてしまうような痛みだ。

これまで一度だって人間を傷つけたことはない。人間に傷つけられたことは山のようにあるが、人間を殺したり喰らったりはしていない。

でも恭一郎の目は、疑いの目だった。鬼灯が怪しいと思っている目だった。

鬼灯の瞳から、自然と涙がこぼれ落ちた。


——私は、あなたを慕っておりました。


「……え？」

恭一郎は鬼灯の言葉に目を大きく見開き、荒い呼吸をした。刀に置いた手をゆっくりと下ろし、鬼灯を見る。しかし次の瞬間、恭一郎の背後から斧《おの》や刀を持った人間が数人飛び出してきた。

「やめろ！」

恭一郎の叫び声が山の中にこだまする。

鬼灯は人間の姿を解き、九尾の狐の姿を現した。大人の男でも、九尾の姿になった鬼灯のつま先くらいしかない。銀色に輝く鬼灯の毛が、月明りに照らされて怪しく光った。鬱《うっ》蒼《そう》と生い茂る森の樹々よりも鬼灯の姿は大きく、鋭く尖った爪と牙をむき出しにする。金に目の色を変えた人間たちが斧や刀を手に襲い掛かって来る。鬼灯は九つある尻尾で人間たちを突き飛ばした。

「鬼灯殿は人間を殺していない！　人も攫っていない！」

恭一郎がそう言って刀を抜いた。

鬼灯はそのまま山々をかき分けるように走っていった。

「鬼灯殿！」

夜の闇に恭一郎の叫び声が響き渡る。しかし、鬼灯は決して振り返らなかった。

もう二度と、絶対に人間の世界へは近づかない。固く自分自身に誓いを立てた。

鬼灯が殺した人間は、今も昔もたったひとりだけだ。

銀治は鬼灯のために人攫いの本当の犯人を突き止めた。人を攫い遊郭などへ売り飛ばす行為は禁じられていたが、一部の人間がひっそりと行っていたという。その男も同じだった。

鬼灯は生まれて初めて人間の喉元に喰らい付いた。噛みついて離さなかった。血が飛び散り、肉がえぐれて、人間がぐったり動かなくなっても、しばらく離せなかった。

全身血まみれになり、口の中も血の味がした。

気持ちが悪い。

吐き気を堪えながら、人間の死骸をそのまま残し、立ち去った。道を走りながら口から人間の血を吐いた。

恭一郎とはあの一件以来、もう二度と会わなかった。

鬼灯が隠世を創ったのは、そのすぐあとの話だった。

◇

晴太が運ばれた病室の小さな鏡に、橙色の提灯の灯りがふたつ映る。鏡の奥からふたりの姿が徐々に近づいてきて、鏡が水面のように波打つ。鬼灯と翠が、共に現世へ渡ってきた。

現世へ足を踏み入れるのは、どれくらい久しいだろうか。

鬼灯の実が橙色に光り、暗い病室に灯りをつけた。鬼灯の長い髪が床を流れる。まるで銀色の川が流れているようだった。その上を、隠世の桜の花びらがひらひらと舞う。

鬼灯は現世の匂いを大きく吸い込んで吐き出した。夏の匂いがする。鬼灯の胸が針で突かれるように痛んだ。

「鬼灯様」

木蓮が鬼灯を見るなり跪く。

晴太は苦しそうに呼吸をしており、その脇では夏菜が晴太の手を握ったまま眠りについている。握ったその手は結晶化が進んでいた。鬼灯の実に照らされて、夜の闇に泳ぐ魚の鱗のように光り輝いている。

「晴太っ」

翠が横たわる晴太を見て叫ぶ。

「さぁ、早く」

鬼灯が翠の手を取り、柔らかい指先に鋭い爪を立てた。金色の血が黄鉄鉱《おうてっこう》のように輝く。翠はぽたぽたと指からしたたり落ちる血を、手のひらで受け止め、晴太の唇に落とした。


――ちゃぽん。


水の音がした。魚が池で跳ねるような音だった。

晴太の乱れた息遣いが次第に落ち着いていき、すーすーと安らかな寝息が聞こえてくる。

「晴太は、助かったの？」

翠は不安そうな顔を鬼灯に向けた。

鬼灯は大きく頷いてみせた。翠はほっと胸を撫でおろし、小さく息を吐くように「よかった」と囁いた。

まだ傷口から血がしたたり落ちている。翠は指先を舐めた。木蓮は慌てて翠の指先を持ち布で止血する。

「……ありがとう」

頬を赤らめて礼を言う翠を見て、鬼灯は懐かしいあの頃の自分の姿を思い出した。

隠世から連れて来た桜の花びらがひらひらと舞う。鬼灯は粛々と降る桜の花びらを手で受け止めた。

そう、ずっと桜の季節であれば。

うだるような夏の暑さも、大きな入道雲も、蝉の鳴き声も、すべて鬼灯にとっては恋の傷でしかなかった。夏が来なければ、この胸の痛みは消えるのではないか。いつか忘れられるのではないか。

しかし、忘れ去ることはできなかった。二百年経っても、鬼灯は瞬きするほど一瞬の時間を思い出す。恭一郎と過ごした、鬼灯にとってほんの少しの時間を。恋を忘れられる薬を長い年月をかけて研究し調合しても、いつまでたっても完成しない。

――痛いから苦しいから悲しいからと言って、忘れることはできないのです。たとえどんなに強い薬でも、忘れさせることはできないのです。

翠に言われた言葉をひとつひとつ思い出す。

翠は知っていた。本当の恋とは、たとえ痛みや苦しみを伴ったとしても、共に生き続けるものだと。

「さあ、戻ろう。私たちの世界へ」

鬼灯はふたりに声をかけた。

翠は自分の髪からかんざしを引き抜く。そしてそれを晴太の枕元に置いた。柔らかな晴太の手を握りしめ「大切な人へ渡してね」とつぶやく。

鬼灯は深く眠りにつく晴太を見た。この先も、鬼灯が恭一郎に渡したかんざしは人間の手を渡って行くのだろう。

もう二度と会わないと思っていた。それなのに、こんなにも時が経ってその子孫と出会おうとは。

鬼灯の顔に自然と笑みが零れていた。

「行くぞ」

鬼灯は木蓮と翠を部屋の中にあった姿見の前へ手招きした。

朝も昼も夜も桜が咲き乱れる隠世を思い浮かべると、鏡に隠世がぼんやりと映った。三人は鬼灯の実を手に持ち、鏡の中へと足を進める。三人の身体が引き込まれるように、隠世へと落ちて行った。


隠世では夜が明けていた。太陽が眩しい。薄暗い闇に光が差し込んだ。

鬼灯たちは、城の一番上から都を眺めた。

薄桃色の桜で溢れる、雅で美しい世界。

噂は一人歩きをする。鬼灯はこれまで数々の男たちを手玉に取り、惑わせ、喰らい、その美貌を手に入れた恐るべき巨悪なあやかしだという噂は、鬼灯がこの世界を創り出すためにはもってこいだった。隠世を創り、あやかしたちを皆ここへ移動させるためには、人間にとってもあやかしにとっても力があることを証明しなければならなかった。

鬼灯が人間を喰わぬあやかしだという事実は、今も昔も骨董店を営む銀治しか知らない。銀治もまた、なぜだかその秘密は守り抜いていた。何か取引をするときの切り札として取っておいているのかもしれないな、と鬼灯は思っている。

「隠世は、本来常に闇に包まれた常夜《とこよ》だ。現世のように朝が来て夜が来るのは、すべて私がそう思わせているだけだ。皆を幻術にかけている。ここは、私の幻の世界だ」

「それじゃあ、本来、朝日は昇らないのですか？」

翠は眩しそうに顔をしかめる。

「ああ。常に夜だ。暗く、光など届かない場所だからな」

「これが、幻だなんて……」

翠は何度も目をこすり、太陽を見た。

「でもなぜ、そんな幻術をお使いになるのですか？」

訊ねる木蓮に、鬼灯は簡単なことだと答えた。

「私はかつて現世で、人間に紛れて隠れるように生きてきた。あやかしだと知られたら色々と面倒だからな。だが、隠れずとも、堂々と道を歩きたいと思ったのだ。闇や影ではなく、光の下を歩きたかった。人間と同じように」

人間とあやかしが分かり合うのは難しい。人間があやかしを傷つけることも、あやかしが人間を傷つけることもある。そこから逃げ出したのは、もしかしたら私だけなのではないだろうか。この世界にあやかしの皆を閉じ込めておくことは、私の身勝手ではないだろうか。

今まで考えなかった疑問がふと、鬼灯の頭をよぎる。

皆を人間から守りたかった。それはあくまで建前で、本当は自分がこれ以上傷つくことを恐れたからなのではないだろうか、と。

「鬼灯様、恐れ多くもお訊ねしたいことがございます。なぜ、星野晴太を助けることをお認めになったのですか？」

木蓮は思いつめた表情で鬼灯に訊ねた。

「それに、わざわざ鬼灯様が現世まで赴《おもむ》かれたのはなぜですか？」

鬼灯は清々しい笑みを浮かべて「金魚の姫に諭された」と答えた。

「あの青年は、生きるべき人間だと諭されたのだ。そこまでの人間ならば、一目見ておかねばならないだろう」

翠は鬼灯を見てひっそりと笑う。

「翠に、諭された？」

「まさか、恋を忘れる薬を自ら飲むとはな。肝を冷やしたぞ」

「なんですって？　翠が、恋を忘れる薬を飲んだ？」

木蓮が動きを止めた。それから翠を見る。翠はさっと顔を逸らした。

「ほっ、鬼灯様！　翠は、大丈夫なのですかっ？」

木蓮の言葉に、鬼灯と翠は顔を見合わせて意味ありげに目配せした。翠は木蓮の問いに答えず、隠世の桜を静かに眺めていた。

「見ての通りだ。不安なら、自分自身で確かめるがよい」

鬼灯はそう言って扇子で口元を隠し、くすくす笑った。

叶うのならばもう一度、恭一郎に逢いたい。一目見るだけでいい。

今なお、そんな淡い恋心が鬼灯の胸にはあった。もう恭一郎の姿はどこを探したって、見つからないとわかっているのに。現世は鬼灯が恋をした頃の姿かたちを消し、恭一郎も遠い昔の過去の人だ。

伸ばした手のひらに、桜の花びらがひらひらと舞い降りた。

第六章　真珠の涙

満開の桜の花が湖に映り、見渡す限り花でいっぱいだった。湖には花筏《はないかだ》が幾つもできていて、翠は湖畔にしゃがみ込み、浮かぶ花びらを指でつついて遊んでいる。

桜の花の中心が赤い。木蓮もつい、翠の背後から桜の花びらを覗き込み、慌てて視線を逸らした。水面越しに翠と目が合いそうになったからだ。

木蓮は翠にどう声をかけてよいか、小一時間ほど悩んでいた。

翠の様子が変だ。現世から戻ってから、翠はどこかよそよそしい。なぜだ。

木蓮は腕を組んで、うーんと首を捻る。

それだけではない。木蓮には、翠が妙に大人っぽく見えた。その理由はわからない。

翠の望み通り、晴太は一命を取り留めた。でも晴太は翠ではなく、夏菜と結ばれるだろう。翠は晴太への気持ちを抱えて、傷ついているのだろうか。それとも、翠は恋を忘れてしまったのだろうか。忘れるとは、一体どういうことだろうか。全て、何もかも、消えてしまうのだろうか。消えたあとは、何も残らないのだろうか。

翠、と喉から出かかって、飲み込んだ。

木蓮は自分の中でぐるぐると回る言葉たちを口に出せず、ただ押し黙っていた。

「さっきからどうしたの？　木蓮、変だよ」

翠がくるりと振り返り、不満そうに唇を歪めた。

「俺が、変だって？」

変なのは翠の方だ、と続けて言いかけてまた押し戻す。

木蓮はいつもとは違う翠との距離感に、心を強く揺さぶられた。こんなにも翠との距離があると、どうしても手を伸ばして無理やりにでも手繰り寄せたくなってしまう。自分の中にこんなにも荒々しい感情があるということに、木蓮は動揺していた。早鐘のように脈打つ鼓動を抑えながら、翠のことがいかに好きかを自分自身で思い知る。

木蓮の心の中を、翠に対する想いが独占していた。

翠に想いを伝えろと夏菜に言われた言葉を思い返す。

もし、翠に想いを伝えたら。翠は優しいからきっと、俺の気持ちを突き放すことはせず、心の中にそっとしまっておくだろう。俺はこの悶々とした気持ちを伝えることで、多少は心が軽くなるかもしれない。

そうすれば楽だ、と木蓮は言葉を喉の奥から引っ張り出そうとした。だがすぐに思いとどまる。

俺は楽かもしれないが、翠はどうだ？　翠は恐らく、晴太に恋をしている。薬を飲んだせいで、もう忘れてしまっているかもしれないが、その事実は消せない。翠の優しさに甘えて、自分の気持ちだけを翠に押し付けることはできない。

ならば、と木蓮はさらに考える。

俺もあの妙薬を飲めばいい。この気持ちは全て消え失せて、楽になる。そうすれば、翠も晴太への気持ちを忘れて、俺も翠への気持ちを忘れて。何もなかった頃に戻れるだろうか。

いいや、戻れない。夏菜にも飲まないと断ったじゃないか。

何をしているんだ俺は、と木蓮は強く頭を左右に振った。

「……いや、別になんでもない」

ダメだ、どちらも間違っている。

木蓮は再び言葉を喉の奥へ押しやった。

突風が吹く。桜の木々が揺れ、花びらが勢いよく舞い散った。翠と木蓮は思わず目を細める。

「翠、木蓮」

空からふたりを呼ぶ声が聞こえる。見上げると、そこには九尾の姿の鬼灯がいた。

「ほ、鬼灯様!?」

大きな身体に、美しい銀色の毛。太くて立派な尻尾が九つもある。一本一本がまるで意志を持っているかのように器用に動く。瞳はいつもと同じ紫色をしていた。

「お前たちに、ついてきてもらいたい場所がある」

鬼灯は口に鬼灯の実を銜えていた。

「背中に乗れ」

翠と木蓮は躊躇いつつも言われた通り、鬼灯の背に飛び乗った。銀色の毛は温かく柔らかい。

鬼灯はそのまま目の前にある湖に飛び込んだ。流れるように、どんどん底へと沈んで行く。木蓮はぎゅっと目をつぶった。

すぐに視界が明るくなり、目を開けるとそこは現世だった。神社にある大きな池から三人は飛び出し、空中を駆ける。

鬼灯と同じくらいの時を生きているであろう、大きな木の上に登った。

上から覗き込むと、人々が着飾って神社に集まっているのがよく見える。ここは祭りがあった神社だ。

鬼灯はふぅっと木蓮たちに息を吹きかけた。

「こうしておけば、人間に我々の姿は見えない」

現世から木蓮たちが帰ってきてから、少し時間が経っている。ほんの僅かな時間で、現世は表情を変えていた。現世の暑さは少し和らぎ、太陽の光も心地よくなっていた。赤い花が辺り一面に咲いている。木蓮は初めて見る花だった。

「あの赤い花はなんでしょうか」

翠も同じように気になったのか、鬼灯に訊ねた。

「彼岸花《ひがんばな》だ。夏が終わると咲く」

綺麗な花ね、と翠は言う。

「これから何が始まるのですか」

「見ていればわかる」

木蓮の質問に直接は答えず、鬼灯は静かに人間の様子を窺っていた。

白無垢《しろむく》姿の女が歩いて来る。隣にいる袴《はかま》姿の男を見て、翠が興奮した様子で木の上から身を乗り出す。

「晴太だ！」

晴太と夏菜はゆっくりと歩き、境内《けいだい》を進んでいく。

そうか。きょうはふたりの祝言か。

木蓮は晴太と夏菜を交互に見た。

ガサツな夏菜も、こうやって着飾っているとそんなふうには見えないな、と木蓮はひっそりと笑った。

「夏菜さん、素敵……」

晴太は車椅子ではなく、自分の足でしっかりと歩んでいる。足はすっかりよくなったようだ。

「翠のおかげで、ふたりは無事に結ばれたのだな」

木蓮が言うと、翠は「あのふたりは結ばれる運命だったの」と答える。

「誰にも、ふたりを引き裂くことなんてできないわ」

どんな思いでふたりの祝言を見ているのか。翠の言葉に、木蓮は翠の顔が見られなかった。

「さぁ、ふたりを祝ってやろう」

鬼灯は木の枝から空へと飛び、空中を駆けあがる。そして、晴太たちの頭上からふぅっとまた息を吹きかけた。息はみるみる変化していき、薄桃色の桜の花びらが晴太と夏菜の上へ雨のように降り注ぐ。

「……桜？」

夏菜がぽかんと口を開けたまま、ひらひらと舞う桜の花びらを手のひらで受け取った。他の人間たちも「こんな季節に桜？」「桜の花なんて、どこにもないのに」と不思議そうに頭上を見上げている。

「きっと、ここにいる人たち以外にも、僕らを祝ってくれる何かがいるんだよ」

晴太はそう言って空を見上げた。

翠と木蓮も晴太を見下ろして顔を綻ばせる。

木蓮は心の中で、これから先もずっと晴太と夏菜が幸せであることを願った。当たり前の日々なんてないのだと木蓮に教えてくれた夏菜へ、お礼の気持ちも込めて。

「鬼灯様、」

木蓮は晴太と夏菜の幸せそうな表情を見つめながら鬼灯に訊ねる。

「鬼灯様も翠も、ずいぶん人間を大切にされるのですね」

「……何？」

鬼灯の髭がひくひくと動く。

「鬼灯様は晴太を助けることをお許しになったし、そもそも商人でもない我々が現世へ行くこと自体御法度《ごはっと》のはずです。でも、お許しくださいました」

木蓮の言葉に鬼灯が顔を顰める。

「今もまた現世へ来ています。それも、ふたりの祝言を祝うために。そうですよね？」

「こ、今回だけ、例外だっ」

ふん、と慌てた様子で鬼灯は鼻を鳴らした。

晴太と夏菜がふたり仲良く手を繋ぎ、歩いているのが見える。それを見つめながら、木蓮は言った。

「大切なものを大切だと言えることは、強さですね」

夏菜は強かった。晴太を想う夏菜の気持ちは、初めて会った木蓮にもよく伝わった。だから今こうして、夏菜は幸せを掴んだ。木蓮にはそう思えた。そして自分自身に問う。俺にも同じことはできるのか、と。

「それはなんだ、私に意見しているのか？」

鬼灯がギロリと木蓮を睨んだ。

「い、いえ。そういうわけではなく、俺自身の話です」

すると鬼灯は木蓮と翠を交互に見て、ふっと笑うと独り言のようにこぼした。

「私は今でも後悔している。もっと早く、恋した男に自分の気持ちを伝えればよかったと」

え？　と翠と木蓮が鬼灯を見る。

「……鬼灯様、それはどういう」

「言わなければ、何も伝わらない。それは人もあやかしも同じだ」

木蓮が何かを訊ねる前に、鬼灯は言葉をかぶせた。

木蓮は鬼灯の大きな紫色の瞳の中の自分自身を見た。表情は重たく暗い。目は虚ろだ。覇気はない。弱々しい姿の自分に笑いがこみあげて来る。これでは誰ひとり護ることはできないだろう。木蓮は自分の両頬を軽く叩いた。

「大切に想っている相手が、必ずしも自分と同じ気持ちとは限りません。それならば、自分の中にそっとしまっておくのがいい時もあるのではないでしょうか」

「木蓮、」

鬼灯に名前を呼ばれると、丸まった背中がピンと伸びる感覚がした。木蓮は身体を強張らせて返事をする。鬼灯の瞳が近づいて来た。

「お前の恋は、そんな理由で諦めきれる程度のものか」

木蓮の耳元でそう囁いた。

どくん、と脈打つ鼓動。木蓮は慌てて大きく深呼吸した。

ゆっくりと離れていく鬼灯は、愉しそうに笑っている。

今、この場で伝えよと言うのか。

木蓮は押し黙り、含み笑いを浮かべる鬼灯を見た。

鬼灯は木蓮を見つめた後、目を細めて翠の方へ視線を移す。つられて木蓮も翠を見た。

翠は何も言わず、ただじっと晴太と夏菜を見つめている。物思いにふけっているのか、その横顔は儚げで美しい。木蓮は無意識に「翠」と呼びかけた。

「何？」

三つ編みに結った翠の黒髪が風に吹かれて少し乱れる。それを耳にかける指先に、翠の赤い鱗がきらりと光った。

「綺麗だ……」

「え？」

「いや、その……鱗が光ってそれが綺麗だなって。あ、鱗だけが綺麗ってわけでもなくて……」

木蓮の言葉に翠がくすくす笑う。

「俺は、その……」

木蓮は一度口を閉じ、頭の中で散らかる言葉たちを頑張って並べた。

「俺はこれから先もずっと、翠の護衛として翠を護っていくつもりだ」

「急に、どうしたの？」

翠は少し笑いながら訊ねる。

「今は黙って聞いてほしい」

ちら、と鬼灯の方を見ると、鬼灯は静かに目を閉じて何も聞いていないふりをしているように見えた。

「これからも護衛として護り抜く。でも、ひとつだけ翠に伝えておきたいことがある。どうか、重荷に思わず、笑って聞き流してほしい」

木蓮は自分の鼓動を耳元で聞いているような気分だった。大きく深呼吸をして、翠を見る。

「俺にとって、翠はたったひとつの恋なんだ」

翠の顔が強張る。目を大きく見開いて、そのまま瞬きもしない。木蓮はすぐに頭を下げた。

「すまない。本当は、黙っているつもりだった。護衛の俺がこれでは、翠も嫌だろうと思ったんだ」

木蓮は顔を上げられなかった。翠が今どんな顔をしているのか、とても見られない。指先に力が入る。握った拳をぴたりと太ももにくっつけた。

「だから、正直に答えてほしい。俺が気に入らなければ、護衛を他の者と交代する。でももし、翠がこんな俺でも、このまま護衛として一緒にいてもいいと言ってくれるなら、俺はこの先一生、翠だけを護る。翠はあの薬を飲んで忘れてしまったかもしれないが、俺は一生この気持ちを持ち続ける。翠が恋を忘れてしまっても、俺の恋は永遠に叶わなくても、この気持ちを背負っていく覚悟はできている」

木蓮はそのまま翠の言葉を待った。

木蓮の肩が大きく上下に動く。緊張のあまり、呼吸を忘れてしまっていた。

「どうしよう……涙が……止まらない」

翠の言葉に慌てて顔を上げる。そこには、大粒の真珠を落とす翠がいた。

「ど、どうして泣くんだ」

木蓮は翠の涙を手ですくい、かき集めた。手のひらいっぱい真珠が転がる。

「だって……だって……」

幼い子どものように泣きじゃくる翠を見て、不安になる。想いを告げられたのが嫌だったのではないか、と。

「私も木蓮が大好きだから……！」

翠はそう言って、木蓮に飛びついた。

「護衛だからじゃない。友達だからでもないの。木蓮が好きなの。大好きなの」

「えっ？　だ、だけど、翠は晴太に……？　それに、薬を飲んだのに、忘れていなかったのか？」

「だから言っただろう、早く想いを伝えておけと」

鬼灯はふーっと力が抜けた木蓮を見て、喉の奥で笑った。

翠の涙は止めどなく転がり続け、晴太たちの方へ落ちていく。

「なんだ、今度は雹《ひょう》でも降ってきたか？」

「いや、真珠だ。真珠が降ってきた」

地上で人間たちが不思議そうに口を開けたまま天を仰ぐ。上から見ているとずいぶん間抜けな顔に見えて、翠と木蓮はくすりと笑った。

翠、木蓮、鬼灯の想いが桜の花びらとともに、現世へ降り注いだ。辺りはあっという間に薄桃色に染まっていく。

暖かな風が、三人をくすぐるように駆け抜ける。

現世も隠世も覆いつくすほどの桜吹雪が、風に乗って空高く昇った。

池に隠世の桜が映る。咲き満ちて零れ落ちた花の後には、桜蘂《さくらしべ》と柔らかな青葉が静かに風に揺れていた。

あとがき

はじめまして、フドワーリ野土香《のどか》と申します。この度は『金魚姫《きんぎょひめ》と隠世《かくりよ》の鬼灯《ほおずき》』をお手に取っていただき、誠にありがとうございます。今、感謝の気持ちで胸がいっぱいです。

この作品は「心に沁みる和風あやかしの世界」というコンテスト上のテーマに沿って、初めてあやかしについて書いた物語です。あやかしがどんな存在かと想像したとき、ふと振袖のような艶やかで鮮やかな美しい姿が思い浮かびました。あやかしなので、血生臭いおどろおどろしいイメージもありましたが、不気味なところも派手で鮮明な色がある存在に思えました。他の色とは混ざり合えないくらい、それぞれが色濃く力強い。翠《すい》も木蓮《もくれん》も鬼灯《ほおずき》も色鮮やかな存在です。晴太《せいた》や夏菜《なつな》、晴太の祖母、恭一郎《きょういちろう》もあやかしたちに負けないほど、ひとりひとりが強い色を持っています。登場人物全員がこの作品の主人公と言えるのではないか、と私は思っています。

私にとってこの作品は初めての商業作品で、個人的な話ではありますが、初めての妊娠出産育児と並行しながら出版に向けて動いていました。さらに、たくさんの方にお力添えいただき、この作品が誕生しました。この場をお借りして、刊行に携わってくださったみなさまへ感謝を申し上げます。

受賞の連絡をくださった高野様。初めていただく吉報に、夢か現実か一瞬わからなくなりました。今でも昨日のことのように覚えています。編集を担当してくださった佐藤様。実は、破水した際改稿真っ最中の原稿を持って入院しました（笑）。それほど書くことが楽しくて大好きなのですが、子育てが始まり、なかなか寝てくれない我が子に書く時間を確保できず落ち込んだりもしました。佐藤様がいなければ、私は心折れてこの作品は完成しなかったと思います。装画を担当してくださった七原しえ様。自分が書いた物語に七原様の美しい絵がつくなんて、と感動で震えました。私の夢を応援してくれた家族と友人、恩師。

ここには書ききれないほど、たくさんの方々がいたからこそ生まれたこの作品は、ずっしり重みがあります。本当にありがとうございました。

最後に、たくさんの本がある中でこの作品を選び読んでくださった読者様。本当に、本当にありがとうございました。またお逢いできることを願っています。

隠世のように桜舞う二〇二四年四月　フドワーリ野土香

ことのは文庫

金《きん》魚《ぎょ》姫《ひめ》と隠《かくり》世《よ》の鬼灯《ほおずき》

2024年5月26日　初版発行

著者　フドワーリ野土香《のどか》
発行人　子安喜美子
編集　佐藤　理
印刷所　株式会社広済堂ネクスト
発行　株式会社マイクロマガジン社
URL：https://micromagazine.co.jp/
〒104-0041
東京都中央区新富1-3-7 ヨドコウビル
TEL.03-3206-1641 FAX.03-3551-1208（販売部）
TEL.03-3551-9563 FAX.03-3551-9565（編集部）

本書は、小説投稿サイト「魔法のiらんど」（https://maho.jp/）に掲載されていた作品を、加筆・修正の上、書籍化したものです。
定価はカバーに印刷されています。

ISBN978-4-86716-575-1　C0193
乱丁、落丁本はお取り替えいたします。